生之告白

On Living

Kerry Egan

〔美〕凯莉·伊根 著

真诚 译

人民文学出版社
PEOPLE'S LITERATURE PUBLISHING HOUSE

著作权合同登记号　图字 01-2021-5560

Kerry Egan
On Living

Copyright © 2016 by Kerry Egan
Published by arrangement with Marly Rusoff & Associates，Inc.，through The Grayhawk
Agency Ltd.

图书在版编目(CIP)数据

生之告白/(美)凯莉·伊根著；真诚译. — 北京：
人民文学出版社，2021
ISBN 978-7-02-016939-9

Ⅰ.①生…　Ⅱ.①凯…②真…　Ⅲ.①散文集-美国
-现代　Ⅳ.①I712.65

中国版本图书馆 CIP 数据核字(2020)第 273147 号

责任编辑　卜艳冰　邰莉莉
封面设计　李苗苗

出版发行　人民文学出版社
社　　址　北京市朝内大街 166 号
邮　　编　100705

印　　刷　山东新华印务有限公司
经　　销　全国新华书店等

字　　数　90 千字
开　　本　787 毫米×1092 毫米　1/32
印　　张　6.125
版　　次　2021 年 12 月北京第 1 版
印　　次　2021 年 12 月第 1 次印刷

书　　号　978-7-02-016939-9
定　　价　45.00 元

如有印装质量问题，请与本社图书销售中心调换。电话：010 - 65233595

致我的孩子们

目 录

我们讲述的故事

"我从不曾变得智慧。你总是觉得上年纪了或许就变得聪明了，但到了这会儿，我就要死了，都没有这种感觉。"

格洛丽亚睁开浑浊的蓝眼睛，扬起眉毛，笑了一下。

"我曾想过，如果在经历过我所经历的一切，如果有人或许能够来得及把它彻底讲明白的话，就只能是我。"她又笑，一阵咯咯的轻笑打断了她缓慢而无力的话语。她一直都在笑。

"哎，你知道吗？"她向我这头靠过来，阳光照亮了她头上雪白的新生的碎发，"我一直都渴望能遇见一位作家，然后告诉他我的故事，其他人就能够听到，不会再犯我犯过的错。我会赠予他我的故事，我会说'给你，把它们带走，然后去讲述它们吧'，你知道我有多疯狂的故事，但我从来没有，从来没有遇到过一个作家。"

我不确定该说什么。在十多年前，我曾经写过一本书，但我此刻并不是以作家身份来到这里。格洛丽亚是接受临终关怀的病人。我已经不记得是否告诉过她我的过去。

"我曾经为这终日祈祷，可以遇到什么人，"她继续说，"但我猜想现在祈祷永远得不到回应了。"

我们陷入了沉默。我希望格洛丽亚换个话题。

她重重地叹息，从扶手上抬起了手，又垂下。"我从不曾离开这个屋子。我被困在这里。我现在怎么才能遇到一个真正的作家呢？"

她看着我，摇摇头微笑。

"我祈祷啊祈祷，有些祷告可能只是没有得到回应。"她笑道，但此刻这话听起来有点悲伤。

我迟疑了几分钟，然后竟然开口说道："格洛丽亚，我是否告诉过你我以前是一个作家？"

"一个真正的作家？"她稀疏的眉毛又扬了起来。

"是的，很久以前。"

"就是那些写过一本书的人？"

"是的。出版了，以及其他诸如此类的一切。"

她举起手，看着天花板。"啊！我一直在等一个人。"她呼喊道。她的身躯在躺椅里微微震颤，转头看着我。"我就觉得你很不一样，结果真的如此！凯莉！"她来回摇晃着躺椅，撑开双臂，"我感觉到了！这就是答案！你来到我身边，而我已经告诉你我所有的故事。现在你只需把它们写下来。或许它们能够帮助什么人，或许其他人能从中汲取智慧。答应我，你会讲述我的故事。"

在格洛丽亚之前，一些病人曾告诉我，他们希望他人能够从自己的人生故事里有所感悟，并且允许我把他们的故事和他人分享，但是我只对格洛丽亚做出过承诺，然后就有了这本小书。我保守病人们的故事已经很多年了，我把这些故事封存在心里。

常常地，虽不是一直如此，病人会在我们交谈时发现安宁下来的方法；他们必须去补偿自己生命中的亲人，他们发现自己拥有勇气，并因此受到鼓舞，可以不带恐惧地面对死亡。一直以来，我受教良多。

我们都有过类似的体验，我们坚信是故事定义了我们的生活。病人给我讲述他们的故事，有时一两次，有时无数次。诉说的方式经常随着每次诉说而改变，不是故事的根本，而是他们所强调的东西，比如细节、众多故事间的衔接，甚至当他们叙述发生在几十年前的事件时也是如此。他们在故事中发现的含义也因此得到了扩展、升华。

几乎一直如此，他们的故事和羞耻、不幸或创伤有关：我的孩子四岁时死在我的怀中；当我在远方当兵的时候，我的妻子为了另一个男人离开了我；我杀了某个人；

我的父亲强暴了我；我借酒消愁，虚度光阴；我的丈夫打孩子，而我也害怕，没去阻止；没有人爱我，我不知道是为什么。这些故事困扰着他们。这些事怎么可能发生，它们又意味着什么？

　　我不知道聆听濒死之人的故事是否会让你变得智慧，但是我确实知道它能够抚慰你的灵魂。我这样说是因为那些故事抚慰了我的灵魂。

　　正如病人所经历的那样，有些事也在我身上发生了。那些我认为形成我生活的关键点取决于我感到羞耻的部分。我曾感到支离破碎，无法重新振作，自己的最深处被摧毁，似乎永远无法好起来。当我开始临终关怀的工作时，我尚未理解，每个人，每一个人，都有过这种感觉。

　　刚工作几个月时，我走进一家疗养院，我要探访的病人住在一间昏暗、老旧的小屋里。她的病历卡显示她患有结肠癌，也有晚期阿尔茨海默症。和我所想象的衰弱、蜷缩着的病人不同，我看到了一位美丽的女士，头上有缕缕卷曲的白发，正僵直地坐在床上。在白色医用床单的映衬下，她就像一个瘦弱的、泛着蓝光的瓷娃娃。

　　她并没用晚期病人的那种寂静问候我，而是用明显的新英格兰口音和我谈论失去你身体的一部分是怎样的感受，那些直到失去才想珍视的部分。就算是阿尔茨海默症晚期的病人，也会有些时间，甚至长达一天处于高度清醒的状态。当她谈起她多年的癌症治疗，一阵潮红爬上她如纸的皮肤，从脖子到满脸。先是她的手，然后她的整个身体颤抖了。随着身体抖动得越来越剧烈，她的声音越来越响。

"我没有肛门！"最后她发作了，小而白的双拳齐齐打在床上，用尽全身力气，几乎把床单打出了凹痕，"我不能拉屎！"

她四处张望，然后紧紧盯着暖气片。她再次开口时，她的声音成了嘶哑的低语："每个来巡房的人都盯着我看，他们根本不是真的在看我。他们不想看到我。他们用和婴儿说话的方式和我交谈，好像我是个傻瓜。他们看着我，想着'我很高兴和她不同'。虽然他们都很和善，但我知道他们在感谢上帝自己不是我。我知道他们只看到一个疯狂、悲哀甚至连肛门也没有的老女人。"

我们静静地坐着，格外漫长的几秒钟。她再次看着我时，我说："你需要的是慈悲，得到的却是同情。"

"是的，"她停住了，"是的，是这样，就是这样。"她惊讶地看着我，皱着眉用一种不同的、几乎是谴责的语气说："你很年轻。"

"我比看起来老。"

"不，你年轻，"她直截了当地说，"你怎么会知道这些事情？"

"嗯，"我并没有预料到会被这么问，"嗯，我经历过一些苦难，我知道被同情是什么感觉。"

她坐得更直了，眼睛死死地盯着我："为什么？说说你的故事？在你身上发生了什么？"

我可以感到热流涌过我的身体，我说："我宁愿不说，因为我来这里是为了探讨你的人生。我是来倾听你，帮助你集中精神力量来度过这段时间。"我试着让自己听起来很专业。

"你在感到羞愧。"

"不，不，完全没有。"我突然想站起来逃跑，我能够听到耳朵里汹涌的声音，感觉到胸中的心跳。我倚靠床沿坚持着。"因为我了解自己，我知道如果我开始谈论自己，就会说个没完，而那样是不对的。因为来这里是为了拜访你并且聆听你，而不是聆听我自己。"

我当然在说谎。我的确感到了羞愧，她知道。但她很善良，不再要求我谈论下去。

她的眼窝很深，脸颊凹陷，微微外凸的棕色眼睛瞪着我。她拉起我的手，清了清嗓子：

"无论你遇上过什么样的坏事，无论你经历过什么样的艰难，你必须做三件事：你必须接受它，你必须善待它，"她缓缓地说，抓紧我的手指，"第三件，注意听，你必须让它也善待你。"

我不理解她的意思。我不知道怎样让我经历的困厄善待我。

我怀第一个孩子的时候做了紧急剖腹手术，在手术时，硬膜外麻醉失败了。我能够感觉到一切，但危险的是，我在身体尚在被剖开状态的时候动弹了。我接受的急救麻醉叫做氯胺酮，这是一种经常被用在马匹身上、战场上和治疗精神异常的麻醉剂。它的作用机理和普通麻醉剂通过封闭身体感受痛苦的能力不同，而是通过"分离式麻醉"——即通过切断脑和身体的连接，使你分辨不出诸如分娩时的痛觉。换句话说，它可能引发精神失常。

而我恰恰就是不走运的那个，麻醉剂引发的精神失常持续了七个月。作为一个新手妈妈，我突然被一个满是幻觉、妄想、分裂、自杀的观念和紧张症的世界包围。我对儿子生命最初的半年几乎没有任何记忆，而精神疾病鸡尾酒疗法的应用又让我睡了十八个月。在大量治疗、药物和时间的作用下，我逐渐好了起来。但是我因为那场精神错乱失去了人生的年华。

我仍然为自己疯了而深感羞耻。

我曾多次回去看望那个阿尔茨海默症的病人，一直自私地期望进行另一场对话。我想弄明白她的意思，她如何让发生的坏事善待她。但她再也闭口不谈。她甚至都不和我有眼神的交流。她躺在床上或扶手填充着大块厚塑料的躺椅上，疗养院把这样的椅子给那些无法控制自己身体的病人使用。痴呆吞没了她，只剩下蜷缩的身体和一种呆滞的沉默。

我会和她坐在一起，为她唱歌，握住她的手，如果她的手没有痛苦地紧缩在一起。我根本不知道这是否会让她好受些。几个月后，在午夜时分，在她黑暗的房间里，她去世了。

她或许已不记得曾经见过我，而我始终在思索着她的话。思考如何在她这样的故事里发掘出智慧，在最困厄的情形下发现好的一面，甚至就是当下，在有生之年中。

"妈妈。"我五岁的儿子深深地叹了口气，看着柜子上放苹果酱杯的盒子。我正赶着在上班前给他做学校午餐，他却抓住我的两只手。"我有个想法，"这一直是他的开场白，"我知道你需要去工作，让人死去。但是我今天真的想去友好餐厅。"他笑着点点头，又说："所以啊，妈妈，我们能去友好餐厅吃饭吗？午饭，还有冰淇淋？一个自选圣代？有小熊橡皮糖和彩虹条的？你喜欢友好餐厅的！对吧？"

"等一下，等一下！"我说。

他露出稚气的微笑，还连连点头。

"话说回来，你觉得我上班是去做什么的？"

"让人死去，他们就能上天堂了，"他实事求是地说，"但是你能明天再做吗？今天我们能去友好餐厅吗？你也喜欢冰淇淋啊，比我还喜欢，比任何人都喜欢。所以我们去友好餐厅吧！人明天也可以死啊。"他更用力地点头。

他看起来特别镇定——在他看来，他的母亲是一个穿木底鞋的死神，裤子的腰身还特别紧，一只手执掌生死大权，另一只手拿着他的苹果酱杯。

郑重声明，我并不让人死去。

但是我不能怪我的儿子不理解他的母亲工作时做什么。大部分成年人也不理解。有时候甚至其他临终关怀的工作者也只有一个模糊的概念。

我自己就有一段时期难以向别人解释这一点。

"所以我有点困惑，"书友会上，一个女人问我，当时我们站在一碟芝士和葡萄旁边，"你到底是做什么的？"

"我们是临终关怀团队的一部分，我们的角色是为病人、家庭和员工提供精神帮助。"我说了标准答案，在餐盘里放了饼干，还有只能在派对上才能吃到的香草山羊乳干酪。

"你等于什么也没说。"她答道。我吃了块饼干。她又发问了："那么就和我说说，你今天在工作时做了什么？"

那天，我去了疗养院，探望了六位贫困的阿尔茨海默症晚期孤寡病人。

阿尔茨海默症晚期的病人是所有病人中最容易也是最难相处的。就像那个瓷娃娃病人，他们坐着，小小的身体因为痛苦的肌肉收缩蜷曲在那些有大靠垫、带轮子的躺椅里，身边只有毛绒玩具能给他们一些安慰。他们的眼睛大部分都深陷在眼窝里，空洞洞地凝视着远方。他们张着嘴，嘴角边形成了一道道裂口。他们不能说话，不能走路，不能自己进食。在最后的几周或者几个月里——也有最让人难过的，这种状态会持续几年——他们不能再笑或者抬起手臂。

你如何给予这样的人精神关怀呢？当你不知道祈祷、歌曲甚至手的触碰到底会让对方感到舒适还是不安时，你能给予什么呢？当人们已经不能告诉你他们是谁，也没有家人或者朋友来告诉你关于他们的经历，哪怕是一星半点？

　　站在他们的立场上想象一下，一个陌生人突然出现在你的房间里，你想一个人待着时，你无法开口叫她离开；你感到寂寞或者害怕时，你无法叫她留下或者请求她留下给你唱歌。如果你是佛教徒，你无法让她停下来别读《圣经》，抑或如果你是无神论者，你无法让她停止为你祷告。你不能要求她为你读几句《玫瑰经》——如果这是唯一能给你带来慰藉的事。你不能告诉这位陌生的女士，她轻轻捏住你腕部的手引发了剧痛——或者你想要的不过就是另一个人的触碰所带来的温暖，你想着她为什么不握住你的手呢？

　　再从我的立场上想象一下，你不知道你做的和没有做的事会引起舒适还是痛苦。在六位这样的病人房间里待了一天——一个同事称之为"沉默之墙"——我该如何解释自己做了什么？

　　但是我的内心有种要求我去尝试的冲动。很少有人询问我的工作，以及我是否会孤独。

　　我说，那天，我和我的病人坐在一起。我先进行观察，看看他们状态如何，如果他们觉得不舒服，我就和护士或助手聊天。我会轻轻地触碰他们的手或胳膊，如果这个动作可能让他们感觉放松。我或许给他们唱歌了，如果抽屉里有照片，我也可能给他们看了。但大多数时候，我只是在做最根本也是最困难的工作：我试着保持存在感。

"所以你就坐在那儿？"

她扬起一道眉毛。

"我和他们坐在一起，一种安宁的陪伴。"

"安宁的陪伴？具体说你做了什么呢？听起来你像端了咖啡上来。"

这时，我只能温和地笑着，试图改变话题。我想吃奶酪，如果我可以迅速做一句有趣的评论，结束这次讨论，我就能光明正大地回到奶酪那边了。或者我可以艰难继续，努力解释，我知道这很可能会让我听起来更可笑。

"嗯，"我做了个深呼吸并把脸重新转向她，"我在进房间之前做了个深呼吸，暗暗提醒自己为什么来这里，然后我清除了脑中的所有杂念。我试着召唤爱。我走进去，打招呼，留心是否有人注意到我。我微笑，并不是满脸堆笑，接着告诉他们我的名字。我试着通过我的动作（坐下、张望）来创造一种安宁感，接纳和爱意。我会全神贯注地盯着他们的脸。"

她脸上的表情从狐疑变成了质疑，但我从不害怕在公共场合嘲讽自己，所以我这样收尾："然后我想象一个爱的大泡泡包围了病人和我。那就是我做的，那就是我试着展现一种安宁的陪伴的方法。我敢肯定其他人会有不同的方法。"

她沉默了足有十秒钟，长得足够让人觉得尴尬。

"所以你只是坐在那里，然后试着爱他们？你是这个意思吧？"她冷酷地说，"这是个真实存在的工作？人们为了它还要去专门学习？"

"嗯，常常还有比这多很多的事要做。"我说。

"但是你今天做的就是你说的这些？一整天？你还可以靠这个拿薪水？"

"是的。"

"你觉得这是工作吗？"

那天的确戳到了痛处。在和"沉默之墙"的对峙中，我也在质疑自己整天都做了什么。

电影版本里的临终关怀，大部分人相信的那个版本，我应该在人们死前几分钟突然出现，俯身倾听病人忏悔的低语，而这也安慰了哭泣的家人。病人会喃喃诉说些关于临终的美丽辞藻，然后在寂静中安详地停止呼吸。我需要伸出手，缓缓合上逝者的眼睛。

这看上去不错，可惜是虚构。事实上，大部分的临终关怀会在病人过世前几周、几个月展开工作，甚至某些特殊病例会长达几年。至于我真正目睹病人临终的次数，我扳着手指脚趾就数得过来。

持怀疑态度或过去因此受过伤害的人，例如书友会的那位女士，会以为做临终关怀的人是江湖骗子或利用病人之虚弱、家庭之悲恸来强行唤起人们的信仰。或许有这样的人，而我从未遇到过。有些人更懂得运用技巧，更善于移情，我却从不曾遇到一个恶劣的神棍。

但是我们所做的确实很难描述。临终关怀就本质上说是若隐若现的，竭力描述会让人显得傻气。

如果我是花时间和能够交流的病人或家人待在一处，或者是和我早已建立关系的人、想交谈的人待在一处，那晚在书友会解释自己的所作所为会容易得多。因为在那种情况下，我就可以说，进行临终关怀就像站在讲故事的人的对面。我们是故事的保存者。

我们聆听故事，人们相信故事塑造了自己的生活。我们聆听人们选择诉说的并赋予意义的故事。

对于许多病人来说，宗教在临终关怀中扮演举足轻重的角色，对于更多人来说却并非如此。临终关怀、信仰和宗教并不是一回事。一些进行临终关怀的工作者或许同时也是传教士，但是在进行临终关怀时，他们并不会布道或者传授教理。

相反，他们创造了一个空间，在那里，人们可以回顾他们的人生，并且试着明了这一切的意义。

当你和数以百计的濒死之人交谈并回顾他们的人生时，你会意识到惊人的事实：每一个人都有一个精彩纷呈的故事；每一个人都有古怪的、日常一切被打翻的巨变时刻，抑或在未来会经历一场变故。无论是在杂货店购物的顾客、电话推销员，还是去学校接送孩子的母亲、在人行道上昂首迈步的银行家，金钱、信仰、知名度、美貌、权力——没有任何东西可以阻挡它。

我们每个人都可能会经历摧毁我们内心的平衡并深感虚无的事件。不是英年早逝的人都可能经历某种精神危机，会丧失对与错、可能与否、真实与否的固有判断。永远不要低估处在那样的时刻人会有多恐惧、愤怒、迷惘、绝望。理解虚无的意义是一项艰难的工作，寻找灵魂是痛苦的。而临终关怀的任务正是在生命的尽头寻找意义或赋予意义。这个过程并不是由我来亲身践行，而是由病人自己完成。进行临终关怀并不是想核实你所说的每件事的真假，但是我也不会在恐惧面前扭头逃离。我不会试着给你最佳答案从而使你停止谈论苦痛，不会用老生常谈让你闭嘴，只会让自己觉得好过，却对身处煎熬的你无所帮助。临终关怀并不是一种创造意义的劳动，但这并不重要。我知道什么会提供帮助，什么不会。我可能会问你从未曾考虑的问题，或者帮助你忆起其他你咬牙熬过来的时刻，以及你从看似无意义的事物中领悟到的意义。我能重塑故事，能提供一种可供思考、接纳或拒绝的不同诠释。我能提醒你想起人生背后还有更大的诉说，或者你应秉持的智慧。当你失去力量、没法阻止墙壁坍塌时，我还能维系一个开放的空间，可以冥想或自省。我不会撇下你，并且最重要的是：我知道一定可以达成目标，我知道你做得到，不会粉身碎骨。

多少次，我坐在静默中，气氛凝重而紧张，病人盯着我的脸瞧。当你积累足够多的经验，你就可以预感相通时刻的到来。空气中仿佛通了电流，病人觉察得到，这就是我在等待的时刻，可以确定自己摸到了门。如果我继续在寂静中等待，不论多么艰难，病人都会在某种程度上找到勇气，他会说出那些原本讳莫如深的事件。他不仅仅是对自己，更是对另一个人开口说起那些他无从说起的事，那些艰难到他觉得仅仅承认它存在于自己的生命中就足以毁灭自己的事件。

但是一个明确的事实是，在我和一个病人达到理想境界之前——病人可以凝视虚无深渊，甚至跃入其中，在那孤独的泥沼里浮沉，直到一个类似梯子的东西出现，如何出现的，我仍然无法解释清楚，我只知道的确会出现——我必须创造一个空间，而为了做到这一点，首先需要让病人信任我的存在。

讲述的故事可能是——经常是极端骇人的。它们发生时便骇人听闻，讲述给我听时依然如此。许多人花费一生的时间去逃避这些故事，哪怕这些故事塑造了他们的人生。

所以在病人们能忍受自我疏浚之前，他必须知道他这么做是安全的。他需要知道不必独自承受。如果病人凝神沉思，准备开启记忆，若想对病人有所帮助，我最好不要退缩。

如果你认为待在那里不起作用，面对可怕的经历会退缩，那么就肯定不会进入其中。我也曾经历过这样的失败。我试着不退缩，但我退缩了。

有些病人在我脑海萦绕不去，但是只有一个是我从他面前逃开的病人，我梦见过他。遇到他时，我在医院里实习。他住在被护士称为"死亡谷"的楼层，专门接纳靠呼吸机生存的病人。他们大部分都是病程很长的病人，大部分都处于永久植物人的状态。而这个病人几乎还是孩子。他清醒得很，来医院只是为了控制感染，然后就会回家。他还没满二十岁。

"他就是哭个不停。"护士在呼叫器上给我留言。我于是去了前台，护士对我说："都哭了几个小时了，我不知道还能怎么做，所以我叫了你过来。"

病人肩膀宽阔，结实的身板占据了整张床，就算脸哭泣得扭曲，也看得出他依旧惊人的英俊。夹杂着呼吸机有节奏的喘息，他告诉我，在大学入学的第一天，也就是在他父母送他下车的第二天，他在一场抢劫案中遭到枪击，脖子以下失去知觉。

"我该给他们我的鞋……我该给他们我的鞋……我该给他们我的鞋……我该给他们……"随着起伏的呼吸机，他一遍遍地重复着。他经历了气管切开术，气管上的阀门在他说出的词语间隔出长长的停顿。他又哭了起来，有节奏的抽噎由为他提供呼吸的机器控制着，一声哀嚎伴随着一声机器的嘘嘘声。当话音被规律地打断，甚至没有任何仪器发出声响时，他的脸始终痛苦地扭曲着，一次又一次，哀嚎和机器声周而复始。

他问我为什么会发生这样的事。我无言以对。他说从未有人愿意听听他的故事，他要我再回来看看他。我说，我会的。我逃进走廊，贴着冰冷的墙，凝视着远方，如获大赦。

那是星期四。星期五一整天我都忙于工作。然后就是周末了，我指望他能在周末出院。确实如此。我再也没见过他。我松了一口气。

一想到又要坐在他旁边，面对他的痛苦，我就吓得不能动弹。一想到他的痛苦，我就不知所措。我没有告诉临床导师我内心的纠结，因为我害怕他会让我回去。我从那个男孩身边跑开了，而且我知道他不可能跑来找我。

然而，不退缩正是我们的工作。

但是，在聚会上，当你面前放着山羊奶酪和饼干时，这些并不是人们想听到的故事。

这并不是说人们不爱听故事，他们很喜欢。在聚会时，大家都做什么呢？他们会讲故事，如果是个很棒的聚会，他们会跳舞，可能会喝酒，甚至会搞些更出格的事，但实际上，这些通常都是讲故事的前兆。

而这是一个关于治愈的故事。

长久以来，我一直以为我的个人经历让自己成了奇怪而又被诅咒的人。但是在听了那么多故事后，我开始意识到自己其实和其他人一样，我的经历或许是独特的，而感受到的痛苦却是相通的，我并不是在独自受苦，而这种感受比其他任何东西更能治愈人心。

我并不具备我那上幼儿园的儿子以为我有的力量——

我并不能让人死去。无论我或我的同事是否到来，人们都会死去，我们皆有一死。

我那书友会的老相识也同样理解有误。与将死之人同在是有力量的，在他们的人生里和他们在其中找到的意义也是有力量的。力量并非来自生和死，而是来自救赎与圆满。这力量不仅仅是为所有走向死亡的人，也是为了每个愿意聆听的人。

病人告诉了我上千个故事，而在本书中收录的都是人们意欲分享的那些。早在我明白之前，那些病人已经领悟到，有些故事注定要在我的心中束之高阁，而另一些则注定要被传讲。当他们说着我可以分享的故事的时候，他们希冀着人们仍留有几年、几十年乃至大半生的时间，可以找到故事中的某些真谛，从而领悟到我的病人懂得时已太晚的道理。

我不知道这些故事是否也会让读者你变得睿智。但或许，当看到其他人已经如此活过，你终将找到让生活善待你的方式。

爱的熔炉

大学毕业前，我在一家癌症医院工作过一段时间，一名教授询问起我的职责。我那时二十六岁，仍然在学习我到底该做什么。

"我和病人们交谈。"我告诉他。

"你和病人们交谈？告诉我，那些濒死的人会和你聊些什么？"他问。

在此之前，我并不曾真正思考过这个问题。我试着迅速回忆和见到过的病人到底说了些什么。这个教授的提问让我吓了一跳，为了看起来不那么傻，我只能随机应变道："大多数时候我们谈论他们的家庭。"

"你们谈论上帝吗？"

"并不经常。"

"或者他们的宗教？"

"并不那么频繁。"

"他们生活的意义？"

"有时候。"

"祈祷呢？你会带领他们祈祷吗？或者举行仪式？"

"嗯,"我犹豫道,"有时候吧,但并不常常如此。"

教授声音里露出的嘲讽已切实可感。"所以你就来和人们聊聊他们的家庭。"

"嗯,他们说,我主要就是听。"

"呵呵。"他向后靠在椅背上。

一周后,在拥挤的课堂上,这名教授说起一个故事,关于一个他遇到的、在医院里见习的女学生。

"我问她:'做临终关怀时,你到底在做些什么呢?'她答道:'我和人们聊他们的家庭啊。'"他顿了顿,等待学生的反应。"那就是这个学生对于信仰的理解!就是她的精神生命所达到的深度!和他人聊聊家庭!"

全班同学哄堂大笑,嘲笑这个肤浅的学生。教授还没有说完。"我暗自思索,"他接着说,"如果我病得很重,住在医院里,快要死了,我最后见到的居然是某个想要和我聊聊我家人的人。"

身体因羞愧而僵硬,那时我想如果我能做得更好,就应该知道怎么和人们聊更为宏大的问题了。

十五年过去了,如果你再问我同样的问题——重病将死的人会和我聊些什么?我会给你相同的回答:大多数时候,他们会聊他们的家庭、他们的父母、他们的子女。

他们会谈论自己感受到的爱和他们给予的爱,也经常会谈起他们没有得到的爱或不知如何去给予的爱。有时候，他们将死之时，喉咙里发出咯咯声，伸出手去，仿佛要触摸我看不见的某种东西，同时唤着他们双亲的名字：妈妈、爸爸、母亲……

还是学生的时候，我所不能理解而现在可以解释给那位教授听的是，人们和我谈论他们的家庭是因为那就是我们做深入思考的方式，那就是在谈论人生的意义，甚至是谈论人类的存在这一宏大的问题。

我们并不生活在自己的头脑中或理论中。我们生活在我们的家庭中：我们出生的家庭、组建的家庭以及通过择友而创造的联系。这是我们书写生命的地方、寻找意义的地方、我们明确人生目标的地方。

家是我们第一个体验爱和给予爱的地方，或许也是我们第一个被我们爱的人所伤的地方，如果幸运，它也将会是我们学到爱可以战胜最痛苦的拒绝的地方。正是在家这个爱的熔炉里，我们开始追问那些宏大的问题。

我目睹过很多种爱的表达：丈夫用湿毛巾轻轻擦拭他妻子的脸，他不得不把她已秃的头扶起，好擦拭后脖颈，她已经虚弱得无法抬头；女儿把一勺布丁喂进母亲的嘴里，而她母亲已经好几年都认不出她来了。妻子在帮助运尸工把丈夫不再呼吸的遗体移到担架上之前，把头下面的枕头摆放好。

这一爱的熔炉最为非凡之处在于我们在家庭中经历的爱不一定必须完美。事实上，它不可能完美，因为人无完人。

有时候，那种爱不仅不完美，甚至看起来完全缺失。家庭中发生荒诞的事太过寻常，比我所想象的频率高得多。例如病人告诉我他们所爱的人殴打他们时是什么感受，父母根本不需要自己时的感受，成为泄愤的对象时的感受，抛弃了自己的孩子或者酗酒毁了自己的家庭又或是没能照顾好需要他们的人时的感受。

甚至在这些故事中，我都为人类灵魂的力量所震撼。即使是没能受到家人关爱的人也知道自己理应得到爱，在某种程度上，他们通过爱的缺失而认识了它。他们知道有什么缺失了，那是作为儿童以及成人理应得到的。

当爱不完美时，或者一个家庭破碎了，还可以学到其他的东西：宽恕。作为人，必须学习如何爱，如何宽恕。

那就是我们给予彼此的礼物，因为世上只有极少数的人不那么渴望获得自己的父母、儿女的爱与宽恕。

格洛丽亚的孩子

格洛丽亚从她前面的碗里挑了一颗草莓递给我。她有两张能架在床上的小桌子，你会在医院里看到的那种，她的躺椅旁一边一个，上面放着所有她随时需要的一切：目录册和杂志、不再来访的朋友们寄来的祝福卡片、手机和电视机遥控器、便签本和钢笔、润唇膏、纸巾、瓶装水、填字游戏书和一张我从未看见她拿起来绣过的钩花作品。她会把其中一张桌子拽到跟前，架在腿上方，用另一只手熟稔地推开另一张。今天，她面前的桌上有一个装满草莓的大碗，和一个装满草莓梗的小碗。

草莓让她很愉快，她一个一口地吃着，清空一碗就飞快地满上。

"这让我感觉自己又是那个农场里阳光下的小女孩，"她说，"你知道，我不记得我最后一次在外面晒太阳是什么时候了。"然后她又补充："当然，我不是想念酷热，在田间劳作，你明白我的意思。只是怀念晒着太阳的感觉。"

"你在农场长大？"我问。

"不不，"她立刻否认，"我还是孩子的时候在那里待了很久。"

我们渐渐漫谈到了别处，她忽然陷入了沉默。她拿起一个草莓，闭着眼睛一点点地啃着。

"我想告诉你一个故事。"她说。

"每周日从教堂回来，我们会回家换上工装。祖母用她的大汽车来接我们，然后我们几个——兄弟、父亲和我就乘车去郊外的一个农庄，属于一个黑人家庭。它并不大，有点没落，因为农庄里没有农夫——他死了，只剩他的妻子还在那里竭力维持。

"我们来到那里，然后辛勤劳作，所有人都是如此，甚至包括我的祖母。我们在田地里帮助收割、把杂草拔掉。我那时真的很小，我都必须帮忙，要从土里捡出石头，方便大人犁地。我们还在房子和谷仓里劳作，维修任何需要修理的东西，清洁所有需要清理的东西。

"我并不觉得累。我非常喜欢那里，因为有六七个孩子可以一起玩。我们到溪边去玩捉迷藏的游戏，搭建城堡与仙境，互相开些小玩笑。我们开心极了。他们的母亲会做一顿丰盛的晚餐招待我们。我非常爱去那里。

"但是我从来不知道他们是谁，或者我们为什么要去那里。我们从不拜访当地其他黑人，只去那一家。我们从不去其他农场，只去那一家。

　　"当我还小的时候我问过这个问题，但总是被喝止。长到十几岁时，我又问了一次他们是谁，以及为什么我们每周唯有周日才去那里，我的母亲总是狠狠地拍拍我的脸，叫我别再问了，所以我就再也没问。

　　"等我长大结婚了，有了自己的孩子，就不再去那里了。我也不知道我的父亲和祖母是否仍旧坚持去，这成了我们之间永远无法讨论的一件事。

　　"之后我就把这件事忘在脑后，其实并没有，我只是再也没有考虑过这个问题，我们再也没有聊起过那户人家，我再也没有见到过他们，我甚至都不知道他们姓什么。

　　"就这样过了很多年，后来，在我祖母的葬礼上，一个黑人妇女走向我。她向我伸出手。'你还认识我吗？'她问。

　　"嗯，我彻底迷惑了，'不认识……'我说。

　　"'我是贝蒂，'她说，'每个星期天都去的农场啊。当我们还是小女孩的时候我们在一起玩。'我这才认出了她。十几岁之后我就再也没见过她了，但我还认识她。

　　"然后，她说：'我是你的亲戚。'

　　"凯莉，我就那样傻站着。整个家族——他们是我的亲戚，流着和我类似的血。我父亲的弟弟爱上了一位黑人女子，他们一同秘密地住在郊外并有了自己的孩子。但是后来他过世了，留下他们独自在那里，一个女人和五个孩子经营着农场。

"这就是我们要在地里干活干得手指磨破的原因，因为她无法独自完成。他们是我的亲戚，我父亲的侄子、侄女，我祖母的孙子、孙女。"

格洛丽亚靠回她的躺椅里，甩手一笑。"一直以来，他们都是我的亲戚。"

"而这些年来你都不知情？"

"是的，这是个天大的秘密。"

"但是贝蒂知道？"我问，"她是在葬礼上知道的，她也是刚刚才发现的吗？"

"哦不，她早就知道。那些黑人孩子都知道，包括最小的孩子，他们都知道我们是谁、他们是谁。"

"但是等一下！"我想了想，摇了摇头，"孩子们都知道你们是亲戚，你们每星期都去看他们，他们却从来不告诉你？为什么？"

"因为他们发过誓要保守秘密不告诉任何人，直到我的祖母去世。"

"为什么？"

"因为祖母以此为耻。他们不得不保守他们到底是谁这一秘密。"

"你祖母以此为耻?"我问道。

"孙子、孙女是黑人。"

"但是她,还有你们所有人,每到周日都去那里,坚持了一辈子,直到她去世?就算她那么以此为耻?"

"嗯,他们依然是她的孙子、孙女,"格洛丽亚说,对我的提问感到不解,"我知道他们保守秘密是因为他们想竭力保护我。"

"怎么保护?"我问。

"凯莉,"她又笑起来,"你真的不明白吗?我有黑人亲戚,我的叔叔跟一个黑女人跑了,我认为那就是他们需要隐藏的东西。"

"要保护你免受怎样的伤害呢?"

"嗯,我猜是羞耻。他们不想让我也有这样的耻辱感,"她叹了口气,我知道现在是我保持沉默的时候了,"那个时代不同于今天,我们家里都有太多秘密。"

世上有那么多秘密。我带着那些来自病人和他们的家庭托付给我的那部分。他们中的大多数是讲述者的个人秘密,关于他们的所做、所思、所感、所愿,甚至从未想过会说出口的秘密,那些发生在他们身上的故事,在他们幼小、无助或绝望的时候，对他们产生了影响。那些关于自我的秘密。

有些我这里保存的，也是家族秘密。那些有多人参与、可以从多个层面理解的秘密。它们代代相传，要求孩子们也加入进来，一同怀有羞愧感，就像格洛丽亚的亲戚那样。

因为这样的秘密有关耻辱。

与耻辱相伴的，是通过保守秘密来保护你或他人的信念，预先假设我们身上有糟糕的、令人恐惧的一部分，必须被隐藏起来。强烈的羞辱感和因此而产生的痛苦日积月累地强化了想要保守秘密的意念。而让人深感耻辱的秘密一旦说出口——当它们被和盘托出时——人们常常身体摇晃，声音颤抖，程度之剧烈以至于自己几乎都无法理解，因为此时人们还会觉得恐惧和同等的急迫，以及秘密保守得实在太久所产生的巨大能量。

在多年以后，为什么人们会把他们的秘密告诉我？我觉得这并不是为了得到宽恕。我不是教士、拉比或者神父。我无法提供某种神圣的赦免，当某个人想和我分享一个让人感到耻辱的秘密时，我并不觉得像是忏悔，它更类似于减压。

杰出的文化人类学家露丝·本尼迪克特分析过分别基

于罪感和耻感而形成的文化之间的差异。罪恶和羞耻并不是同样的事物，事实上，它们是对立的。

在罪感文化里，社会通过建立道德约束，来执行其规范和约束，当人们做了错事，必须为此负责。违反道德约束的人会责备自己，自己做的错事还可能影响他人。罪恶感源于内心。即使没有其他人知道这一违法行为，也会引发罪恶感。

而在耻感文化里，社会通过一种荣誉感或责任感来施加影响力，感到羞耻、被其他人排斥，会让人受不了。打碎社会常规，你的荣誉就会受损——你受到的损害是不可挽回的——以及你家族的荣誉。这种耻辱感来自他人的知情。痛苦和恐惧是耻辱的基础，体会到耻辱的人同时也饱受情感上的折磨，会对再次经历耻辱感到恐惧。有时，因为做了感到耻辱的事情，一个人会因此被其他人疏远，或身体遭到伤害甚至被夺去生命。于是就有了将耻辱之事深埋心底的期望。

一种文化可能偏重依赖羞耻或罪恶这两者中的一个来进行社会控制，但两者并非互相排斥，人们可能都感觉得到。正如罪恶感一样，羞耻在人们的精神生活中也扮演着重要的角色，因为它预设了存在的问题。当人们感到耻辱，他们相信是自己的内在出现了过失。羞耻来自你相信你是谁，而不仅仅是你所做的和所感受的。

我对自己精神失常过而深感耻辱，我觉得自己的核心部分被抹去了，或者至少是被彻底破坏了。

那种耻辱来自我们社会中围绕精神疾病积累起的污名。将产后抑郁作为一个话题，和其他母亲一起讨论或许可以接受，但被知晓得过这种病绝对会引来鄙夷的目光。一个富有同情心（且受到爱戴）的精神病医生曾对我说："我们并没有为由于在分娩过程中使用麻醉而导致药物性精神错乱的人们专门设立的援助团队。"

而好友们努力安慰我，说当我发疯的时候，我只是"不是自己"了，那么我到底是谁呢？

对于这一问题，我有了答案：我是个坏妈妈。这场令人刻骨铭心的分娩过程对我而言似乎并不意味着医学的复杂性和麻醉师的糟糕决定。它似乎意味着在我最核心的部分，作为一位母亲我是失败的。我真的这样想，谁首次分娩时会如此狼狈？我觉得自己是被诅咒了。

所有的耻辱必然会带来秘密。我艰难地学到了不告诉别人自己身上发生过什么。

但是保守秘密带来的问题是，它令人筋疲力尽。看起来像保护着人们最脆弱的部分，可这种保护是以巨大的代价换来的。

"我还有个故事要告诉你。"过了几周，格洛丽亚说，她的病在慢慢加重，人也更加虚弱，这是第一次我们在她的卧室里见面——而非客厅。虽然她精疲力竭，但她还是挣扎着起床，穿戴整齐后坐在椅子里。

我们之前讨论了很久格洛丽亚不得不接受邻居罗纳德帮助她洗澡，许多和她一个年纪的南方女人或许会觉得尴尬，而格洛丽亚觉得滑稽：最后一个看见她裸体的男人是个四十多岁、没工作的同性恋。"所以事情已经到了这种地步。"她大笑。

之后她不笑了，咬着嘴唇。

"我想告诉你的并不仅仅是个故事。你得为我做件事。"

"我会试试的。我一直都是这样。"我说。

"你得比这更给力才行。"她转过头，静静地凝视前方，这可真不像她。她很快又开口了。

"十九岁的时候，我怀孕了。"她讲了起来。这次不像其他时候，当她在讲述时，自己没有笑，而且看起来并不像在对我说。她说得缓慢而又艰难，一句一顿，每句话都伴随着一种惊恐的表情，就像对自己所说的感到惊骇。她看起来几乎精神恍惚，却并不犹豫。她虽然断断续续，却有股一旦开始，就不会停止的劲头。

"我没有结婚。那是我最好朋友的男友，他们已经分手了。他邀请我出来，开车去兜风。从没交过男朋友的我受宠若惊。

"之前我没有尝试过性，我不知道发生了什么。它是……这么让人困惑，而我又那么蠢，太蠢了。

"后来，当我知道我怀孕了时，他和我最好的朋友已经复合，而且订婚了。她是那么幸福，我不能告诉她。

"眼下，我已不是一个女孩了，而是一个全然成熟的女人，有份秘书的工作，仍住在父母家，对性一无所知。我知道这看起来很疯狂，但我并没有疯。我告诉了我的父母，我的父亲……啊，我的父亲。

"他如此严格，是世上最严厉的父亲，甚至不允许我们穿在膝盖以上的短裙或涂一丝口红，不允许我们修眉毛。然后我就这么怀孕了。怀孕……哦，老天，我以为他会杀了我的。

"但事实并非如此。他们把我送走了——他和母亲二人。妈妈她同意了，他们说这是唯一的办法。我不得不离开，因为我无处可去，没有结婚，也没有足够的钱养孩子，而且一旦有人发现我怀孕了，我肯定会失业。所以，我有选择吗？我别无选择。

"那时候的情况和今天不一样，太不一样了。我被困住了。像我这样的女人，最后都成了垃圾。我不想成为垃圾，不想。所以我不得不走。

"新家在查尔斯顿。我之前从未去过，我和其他女孩一起住，不能随便出门，只能待在家里。六个月后，我生了小孩。

"有些人说我不应该看宝宝，那样一来，抛弃他会更难——那就是我要做的，我不得不做。

"几天后，我回到了父母家。当他们来接我的时候，没有问关于宝宝的任何问题。我没有那里其他女孩的地址，就好像从来没有发生过一样。我放弃他了，从此再也不可能见到他。

"但是第二天，我就知道我犯了一个错误。醒来时，我无法呼吸。我的每一寸灵魂都知道我做了错事。我就像笼中的动物，我必须行动起来。这是一个严重的错误，我得把孩子找回来。

"我给那里打了电话，和社工谈。她是一位来自纽约的犹太妇女，名字叫露丝，她那么瘦，简直让人难以相信她能站得直。但是她是我所见过的女人中最令人生畏的一个。

"露丝说我不能再要回孩子了。我告诉她我必须把他要回来。她告诉我把孩子送到一个家庭里面对他更有好处，我说我得把他弄回来。她说没有我他会过得更好，因为我没有钱也没有丈夫。我坚持告诉她我必须这么做。

"最后她说如果我想要回孩子，我就必须付钱。我不得不把他买回来，还必须偿还他们花在我身上的钱。我得付六个月的食宿费、看医生的诊费、在医院里接生的费用，还有儿科医生的出诊和他们给他开的处方，以及那些从他出生起就照顾他的护士的工资。她很抱歉，但这是规定。

"如果我能做到，我问，如果我做得到，把钱付了，我能要回他吗？我可以要我的孩子吗？

"'是的，'她说，'但这是个错误。'她用我所听到过的最冷静、最愤怒的声音说。'一个可怕的错误，对你和婴儿来说或许是最糟糕的事情。你没有丈夫，没有自己的家，没有足够的钱给他买鞋子、衣服和食物'。

"为了筹集这笔钱，我卖掉了所有的东西。我卖掉了车、留声机和所有的唱片，除了一件衣服和一双鞋以外所有的衣服，别人给我的每一份礼物、每一件珠宝，甚至还有我的卷发器，用尽积蓄的每一分，我终于有了足够的钱。

"当我在客厅里告诉父母我要把孩子带回来的时候，我以为父亲会中风。从没见过这么生气的人，我是如此害怕，觉得自己可能会就此因为恐惧而化为尘土。但我知道我必须这么做。

"他们把我逐出家门。我去找我的朋友，他们爱莫能助。我甚至告诉了最好的朋友和她的丈夫，就是我儿子的生父。我不知道他是否知道自己是孩子的爸爸。但他看着我说不。不，他不能帮我。我是无处容身了。

"最后，我去找祖母。她在乡下有一个大农场。我告诉她发生了什么事。我担心她也会把我赶出去。但相反，她说，我会帮你的。你和你的孩子可以和我在一起住在这里。

"她开车送我去查尔斯顿。当我们到了那里，来自纽约的犹太社工露丝在她的办公室里和我们会面。她问我是否真的想要这么做，我只是把装钱的信封推到她面前。她冷酷地看着我。她从来不是一个爱笑的人，但我觉得此刻她虽然没笑，她的脸却没有那么僵硬了，变柔和了些，也许吧，我这么想，也这么希望着。

"露丝叫了个护士把婴儿抱进来。他已经满月了。这是我第一次见到他。

"护士抱着他进来了，我的祖母站起身，走过去伸手要抱他。露丝站了起来，挡在她和孩子之间。'不，'她说，'不是这样。'她把婴儿抱了过来。我以为她是要让我眼睁睁地看着她把孩子抱回去，把他从我身边带走，我哭了起来。

"但是并非如此，她来到我坐的位置，我像雕像一样卡在椅子里。她把他放进我的臂弯。

"'她是他的母亲，'露丝对我祖母说，'由她抱着他。'

"露丝转向我：'我从没见过任何一个女人比你更像一个母亲。你是他的妈妈，不要让任何人从你身边带走他，如果你像这样爱他一辈子，他会没事的。'她仍然没有笑意，但她把手放在我的胳膊上用力按了按，劲儿大得超出我的想象，更何况她那么瘦。

"我一生中犯了很多错，但这件事我知道我做对了，这是我这辈子做过的最好的一件事——拼命把我的孩子要了回来，放弃了一切都是为了让我的孩子回来。这是我曾经做过的，将来也会是我做过的最棒的事。我把孩子要回来了。"

格洛丽亚停了下来，她累极了，上气不接下气。她突然从恍惚状态中走了出来，我也一样。她转过头来看着我，脸色看起来不同以往，她盯着我，眼眶干瘪但眼神锐利。

"我要你告诉他,"她说,"我给你他的电话号码,你就给我儿子打电话,告诉他。我想让他知道。他父亲对他总是那么糟糕,我想让他明白那不是因为他。他的父亲很薄情,因为他恨他。我的儿子不是他的孩子。我在儿子一岁的时候嫁给了他,但是他从未真正爱过他。我本以为他会的,我告诉自己他会的,但他从来没有过。我希望我的儿子知道这不是因为他犯了什么严重的错误。我想他总是那么想,他知道他的父亲不那么爱他。我想在我死前要他知道为什么。你会打电话给他并告诉他,他父亲不是他的生父吗?拿出手机来,我这就给你他的电话号码,你一离开这儿就打。"

我惊讶得说不出话来,自己也不知道为什么她的要求让我如此震惊。也许因为我通常只是听,并不会行动。我没准备好,也没有把握怎么告诉格洛丽亚我不能按她说的做。

她看着我目瞪口呆的样子,最后说:"只是打个电话。"

我集中精神,尽可能温和地说:"我觉得你自己告诉他更合适。"

在讲述故事的整个过程中,格洛丽亚一直很平静,但此刻她热泪盈眶,双手开始颤抖。

"我不能告诉他，就是不行。求你了，你必须告诉他。"

"格洛丽亚，我想如果我突然打电话给他，说他的父亲并不是他的生身父亲，他恐怕接受不了——他甚至都不认识我。"

"他会松口气的，他会很高兴的。没有别的办法了。"她哭了起来。

"你可以告诉他的。"我尽可能温和地说。

"不！不，我不能！"

"为什么不呢？"

"因为……"她几乎说不出话来，她颤抖得那么厉害，以致身下的躺椅摇晃了起来。"因为什么……"她听起来似乎哽咽了，"因为要是……他不认为我把他要回来是件好事怎么办？"

这个念头让气氛变得沉重。

多年来，我领悟到，这些被沉重的痛苦填满的时刻——相信我，对我来说也是格外痛苦的时刻——虽然很想说点什么来打破紧张的气氛，其实正是我需要保持沉默的时候。我保持静默，当我能在那里保持静默、坚持住的时候，无论对我们俩来说有多困难，都可能发生些什么。

格洛丽亚颤抖着哭了一会儿，但比想象的可能短得多。既然她已经说出了她最深的恐惧，她就可以审视它了。

"要是他根本不认为这是我做过的最好的事会怎样？如果社工是对的怎么办？要是他希望我把他留在那里呢？要是他希望别的人家收养了他呢？他可以有个不同的母亲？要是他希望我没有回去找他呢？"

我倾听着，等待着。我知道我没有答案，但是我经常遇到这样气氛紧张的关头，我也知道在病人的心灵深处，已经有了答案。或许不是对他们问出的问题的答案，而是回答了恐惧之下更深层的问题。

格洛丽亚闭上了眼。有一会儿，我觉得她可能累得睡着了，她却继续说了下去。

"你和一个人素未谋面，就能那么爱他，真是太神奇了。我很爱我的儿子，甚至是当我还不认识他的时候。这怎么可能呢？那么爱一个人甚至愿意放弃自己生命的全部，甚至还不认识他，这是如何发生的呢？"

"我要他知道，因为我要他知道我多爱他，我爱他，甚至在没有见过他的时候。我爱他不是因为他是谁，而是仅仅因为他的存在。那就是我想让他知道的。"

你认为自己取得的最伟大的成就，却并不被别人认可，你该怎么办？你最引以为傲的同时也最让你羞愧，你该怎么办？你伟大的爱也是你保守最深的秘密，又该怎么办？

人们在绝望中保守着秘密，而且往往最终是想要保护他们自己或他们爱的人们。他们认为这个秘密将成为一道壁垒，隔绝拒绝和公开羞辱，他们就这样携带着它，不管有多么沉重。在很多情况下，人们出于爱而保守秘密，甚至互相说谎，没有恶意。

可能他们没有意识到的是，坚持保守在他们看来是可耻的秘密，实际上是在强化这个羞耻的体系。保守秘密就像给杂草施肥，而家族规模的秘密甚至在它形成以前就滋养了耻辱而窒息了爱。秘密无法保护任何人免受羞辱的伤害，相反的，它自身成为了伤害之源。羞愧是爱的敌人，它从来都无法为爱效劳。

我不知道格洛丽亚的亲戚贝蒂不得不从是个孩子开始就守着她身份的秘密是怎样的体验，不了解她的祖母将她视作耻辱之源是怎样的感受。我不曾见过她，但可以想见的是，这种想象让我很想哭。

贝蒂的残酷负担是否保护了格洛丽亚不受痛苦的侵害？当然不是。这秘密唯一隔绝的东西是两个女人彼此间的爱和支持。格洛丽亚不止一次地谈及自己错过了贝蒂人生年华的感伤。

然而，就算知道了这一点，格洛丽亚还是对她儿子保守了他出生的秘密。她想要通过阻止他自身羞耻心的延伸保护他免受她所感受到的羞辱。现在，甚至当她去日无多、很想让自己的儿子知道身世之谜时，她仍旧无法肯定自己能打破耻辱并向他解释自己的爱有多深厚。在过完了堆满秘密的一生后，害怕被拒绝和耻辱感依旧横亘在那里。

如果你最爱的人并不回应你的爱该怎么办？如果你向世界付出了爱而世界拒绝了你，会发生什么呢？你是否无论如何都还会付出你的爱？它值得你冒险吗？爱是否比耻辱更强大？

这些才是格洛丽亚真正的问题。

此后的每次拜访，格洛丽亚都要我给她儿子打电话。她申辩着，恳求着，她渴望儿子知道，并努力说服我，这不能由她自己来做。起初，试着诉说为什么她太害怕自己告诉他只是给她带来了更多的痛苦，所以我竭力满足她的要求，要求她一遍又一遍地给我讲这个故事，什么时候把它讲对了，我就告诉她儿子。

几星期后，格洛丽亚有了一个新建议："你告诉他的时候我可以坐在你旁边。""那可能行得通。"我说。她再次把想让我转达的话告诉给我听。

又过了几个星期，她说："我或许可以自己告诉他，你要坐在我旁边。"

"那可能行得通。"我说。

然后她对着我练习了自己要对他说的话。

又过了一星期，她说："上周末，我儿子来看我了，我告诉了他。"

"怎么样？"

她笑了，然后哭了起来，接着就像她一贯的那样，泪中带笑，泣不成声。

迟到的珍惜

"我知道我应该讨厌自己的身体。"辛西娅用舒缓的、流畅的南方口音慢吞吞地说。她推开她的午餐——棕色的一团糊状物和一些橘子。她的女儿花了很多钱，准备了低脂、无钠、无糖、低热量的饭菜，并在上班时送到辛西娅家，当时她正独自在家——它们看起来像一堆堆湿漉漉的岩石。"如果再给我一口焦糖蛋糕，我真的可以很开心地死去，"她叹了口气说，"你有没有焦糖蛋糕？"

"不好意思，没有，不过，为什么要讨厌自己的身体呢？""凯莉！"她看起来难以置信我这么问。然后她笑了。"因为我胖！"

辛西娅用她柔软的手抚摸着沉重的乳房和那隆起的、经受癌症折磨的肚子，身躯几乎把躺椅完全遮住。"我从小就知道这一点。"她查看了盖在膝盖上的钩花毯子。

"我的家庭、我的学校、我的教会，每个人都这么告诉我。当我长大后，杂志、女售货员、男朋友也是这样告诉我——即使他们没有大声说出来。七十五年了，这个世界一直这样告诉我，我的身体糟糕。首先是作为一个女性，然后是身材肥胖，接着是生病。我知道他们认为这很糟糕，"她抬起头来，眼里泛着泪花，"但是有一件事我一直不明白，为什么其他人都希望我讨厌自己的身体？这和他们有什么关系呢？"

在病人去世前的几个月或几个星期里，他们会与我分享许多遗憾和未尽的愿望。最让人感到悲哀的是，他们花费数年，甚至几十年，在某些情况下，甚至把整个生命都浪费在憎恨自己的身体上，或者感到羞耻，糟蹋身体，毫不珍惜，直到生命临近终点，才开始懂得欣赏身体。

因为不像那些愚蠢犯下的错误或弄巧成拙，也不是可怕的意外，不是无可挽回地改变了人生的错误，和那些遗憾都不同，憎恨身体不是一个悲剧性的错误，而是一种主观意识。是别人教会我们如何去感受自己的身体，是别人希望我们相信身体该是什么样。

有时候来自媒体和同伴的压力，让我们觉得自己的外表丑陋，进而觉得羞耻。我们对自己的体重、体毛、龅牙或奁拉的眼睛都感到羞耻。

有时候来自牧师和主日学校的老师，关于身体的原罪。从出生后的家庭教育开始，随着母乳一起渗入，有些女性在成长的过程中认为，她们的身体可能对其他人具有性吸引力，这本身就是一种耻辱的诱因——她们的身体仅仅是存在着就会引发恶行。

无论来自何处，传递的信息是一样的：活着的人认为身体是用来批评、鄙视的东西，或者至多是可以容忍的东西，是一个无法得到纠正的问题。

太多时候，只有当人们意识到他们会失去身体，才终于意识到它是多么美妙。"我会非常想念这身体的。"另一个比辛西娅年轻几十岁的病人这么说。她举起双手，举在窗户遮阳板透出的昏暗光线中，她盯着它们，好像从来没见过它们似的。"我永远不会对我的丈夫和孩子承认这一点，我最想念的会是自己的身体。这个身体会跳舞，会吃东西，会游泳，会做爱，会生孩子，想想都觉得不可思议。事实上是这个身体创造了我的孩子，身体带我走过这个世界。"

她把手放下，又说："我将不得不离开它。我别无选择。我花了那么多年的时间来批评它的外观，却从未注意到它有多好，而现在，它再也好不起来了。"

对憎恨身体感到后悔，这也意味着病人希望本该在有生之年更多地欣赏自己的身体。

请注意，他们希望欣赏的不仅仅是健康。他们更想感知身体，本以为理所当然存在的身体，突然面临失去它的事实。不管你相信死后会发生什么，不管你相信有来世、轮回还是什么都不发生，都不会否定这一点：你再也不能依靠这个身体去体验这个世界了。濒死之人每天都要面对的这一事实。

所以他们会谈论关于身体最难忘的回忆。他们怎样在放学回家的路上从果园里偷苹果，苹果味道如何，以及他们逃跑时腿和肺怎样如同燃烧一般。第一次去裸泳时水流的触感、怀里婴儿头发的气味、在户外做爱时微风拂过肌肤的触感，以及跳舞——有太多关于跳舞的故事。数不清有多少次，人们——男人比女人还要多——会描述在二战期间手舞足蹈，或在南卡罗来纳州的海滩边跳舞，又或者在小旅馆、迪斯科舞厅谷仓里跳舞，以及无论哪里想跳就跳的地方。"如果我知道身体有多宝贵，我当时就该跳更多舞。"

如果你接受我们每个人都应该"爱人如己"的观念，那么为什么还有如此多人坚持认为你的身体、我的身体、每个人的身体都是应该鄙视的，就因为它太胖、太丑、太惹火、太老或者太黑？我们用各种明目张胆或潜移默化的方式教导彼此，应该以自己的身体为耻。身体是某种应当被征服、击败或被轻视的东西吗？如果我应该恨自己的身体，那么我也应该恨你的身体吗？我环顾四周，似乎确实如此。那些声音告诉我们，应该厌恶自己的身体，反过来会影响我们如何照顾病人、残疾人、老人和小孩的观念。我们对自己身体的信任影响着我们如何对待他人的身体，我们怎样对待他人的躯体就会怎样对待他人。

"你知道吗，凯莉？"辛西娅边用睡衣袖子擦眼睛边说，"尽管我很胖，患了二十年的癌症，而且记不清有多长时间没长过头发了……尽管如此，我并不讨厌自己的身体。他们错了，一直都错了。我想是因为自己面临死亡的威胁太久太久，所以终于想通了，这就是为什么我一直很开心，只要想办法怎么搞到一些焦糖蛋糕就行了。"

有呼吸，就有希望

"如果你愿意，我们可以一起出去抽支烟，"雷吉说，"你得推着我的轮椅。"

"我不抽烟，但是我可以和你一起去，在外面坐坐挺好的。"我说。

"不不，算了，一个人抽烟没劲。"

雷吉患有慢性阻塞性肺病。简单地说，他会慢慢地窒息而死。每天，他深呼吸的能力都会有所下降，每天吸入的氧气都会略微减少，呼吸越来越急促。患有慢性阻塞性肺病的人时刻都明白自己会怎样死去，他们知道那是什么感觉，因为每天他们都能感知到，他们就这样渐渐地走向死亡。

于是毫不奇怪，慢性阻塞性肺病患者就成了临终关怀工作者时不时会称为"缺爱"的病人。"他们需要很多关注。雷吉这样的人会让你手忙脚乱，沮丧至极，你会称他们是'求关注的人'。"

当然，当我们说某人缺爱时，意思其实是我们没有时间、精力、意愿或能力来满足他们的需求。我们谴责他们的需求，甚至谴责他们本身，而不是谴责我们自己缺少时间、精力、兴趣或能力。对医务工作者而言，承认没能满足某种需求并不容易。毕竟，大多数从事这项工作的人是为了尽力去帮助他人。我们受训是为了认识、评估和满足他人的需求，而这正是我们所做的。所以当我们的努力只是杯水车薪、力不能及时，当病人的需求多得让我们喘不过气时，感觉会很糟糕。指责病人比承认我们每个人在面对像慢性阻塞性肺病这样的疾病时无能为力要容易得多。

雷吉住在公立养老院里，这是一幢外观宏伟的建筑，建于大约一百年前，原本是一所妇产科医院。内部陈设老旧，在几乎没有什么设施的情况下，护士和助手依然努力工作。走廊里装饰着户外风景壁画，阳光透过装着护栏的窗户照射进来，有时还会在墙上映出彩虹。但是不管员工有多爱它，也不管房子造得多高贵，养老院就是养老院。

雷吉拖着一辆带轮子的白色塑料手推车走到床边，他的短腿悬在那里，碰不到地板。

"嗯，稍等。让我看看这里都有些什么。我知道肯定有什么。"他把塑料抽屉翻了个底朝天，里面塞满了各种杂物——橡胶手套、口香糖、平装书、纸巾、润唇膏、杂志。

"哈！"他得意地喊道，拿出四个塑料包，装的是没压碎的咸饼干和一小盒草莓果冻，果冻盒覆有金箔。"你想来点儿吗？"他有些害羞地问我，与此同时把两包饼干递给我。

"谢谢，雷吉。"

"我真希望能给你弄点儿喝的。"

"有饼干就很完美。"

"你叫什么名字？"

"凯莉。"

"哦，是的，凯莉，我又在考虑肺移植了。"

"哦？是吗？"

我不会事先决定和病人谈论什么话题，我倾听病人所想，在特定的一天里，是什么让他不堪重负或者给他带来巨大的快乐，而雷吉则时时刻刻都想谈论肺移植的事。

最初来访时，他想谈谈后勤准备工作。移植手术将在哪里进行，需要什么来完成，他给不同的医生和移植中心写的信。还有会把自己的肺捐献给雷吉的可怜人可能发生了什么（或者将要发生什么），以及接受移植手术后，他希望生活会是什么样：搬出养老院，找到自己的公寓，也许会建在水上；会买艘船，一艘小型的波士顿威拿钓鱼船，然后去钓鱼。他甚至可能去找已经阔别三十年的妹妹。也许他还会去看看分开了几十年的前妻。谈论肺移植使他很高兴。我就这么听着。

然而，随着时间的推移，谈论肺移植开始让他发怒。他生养老院的护士们的气，她们要么无视他的移植计划，要么认为它很有趣。这种愤怒是可以理解的：想象一下，你认为只有一件事能拯救你，它是你的精神寄托，而你希望能为此出力的人仅仅认为你的愿望很可爱。

让雷吉真正感到愤怒和沮丧的是临终关怀护士斯泰西和社工苏。在他看来，这两个人有能力拯救他。每次他们来的时候，他都向他们提出各种要求，想知道为什么他们没有把移植手术的一切准备就绪。他们有权力、有影响力、有关系，而他没有这些，没有人会把他当回事。他发泄着愤怒、沮丧的情绪，深感无能为力。

关于雷吉的肺移植，事实是那永远不会发生。永不。他无法在手术中存活。斯泰西已经向他解释了几十次，说他的身体状况不适合做移植手术。苏也一遍又一遍地解释。他们对他越来越失望，他消沉、侵略性的为人处事，脾气越来越糟，说的话越来越难听，拒绝接受现实。他们还有几十个病人要探望呢，而雷吉这么难缠。他需要讨论肺移植，要求他们做点什么，不然他将不能也不会相信他们告诉他的一切。雷吉相信护士和社工有权力实现他的愿望，他们却不愿意那么做，所以他成天缠着他们。

而我没有什么权力，我两手空空地来。不像护士，我没有药物可给；也不像社工，没有需要签字执行的任务。我也从不随身携带任何东西——没有尿样，没有医生铭牌，不会在病历上签名。我并不能让任何事情发生。

我所能做的，就是出现并倾听，这听起来很奇怪，但是也正是我的权力所在，即在扮演一个没有权力的角色。因为缠着我去推进移植手术是不合情理的，雷吉不会这么做。我们可以一块儿待在那里，仅此而已，在这段时间里，哪怕只是半小时，雷吉也可以暂时放下战斗。他不会向我索要任何东西，而我也不会不得不成为他眼里的"恶人"。

向我宣泄出愤怒后，雷吉觉得好多了。然后他会变得明智些，会开始想象，为自己想象一种截然不同的生活。

"我做个深呼吸好不好？"

"好啊，这很棒。"

"离开这儿怎么样？"

"好啊，由衷地希望你能走出这里，雷。"

"我会养条小狗，混血的就行。"

"你会给它起个什么名字呢？"

"不知道啊，"他说，"我还可以来看看你和你的家人，你有孩子吗？"

"有的。"

"我可以带他们去钓鱼。"

"这可真了不起！"

"新生的肺叶是让新生活展开的必经之路。"

"肺移植可以让你做到你期望的一切，你可以离开这里。"

"看，你知道这有多重要，知道我想要什么。"

"你想要肺移植是因为你想活下去，这是合理的要求。"

"是的，完全正确。这合情合理，并不是发疯。我想得到再活一次的机会，想从头再来，过好日子。"

因为雷吉过得并不好，这并不仅仅指发生在他身上的坏事。不，是他为了谋生对别人行恶。

谈论肺移植成为了谈论生活的方式，关于他所过的生活，以及他希望自己能过的生活。事实上，在生命的尽头，雷吉没有一个故人——没有一个朋友，没有一个爱人，没有一个家庭成员，只有不大连贯的关于暴力的记忆贯穿了他整个一生。

我不能给雷吉新的肺，但是我可以给他我本人抑或我们任何人所拥有的最强大的东西：一个人的在场。雷吉和我可以谈谈对新事物的希望和对过去的遗憾，因为这才是他真正想说的东西。肺移植其实就是谈论希望和希望的反面——遗憾的一种方式。在安静的时候，那并不是每次我去都会遇到，但不止一次，雷吉低着头，在床边来回摆动双腿，说："我不傻。不会有移植的。但我不能就这样算了。"

在内心深处，雷吉知道他不可能接受移植手术。但放弃追求就等于放弃希望，而这点他做不到。

现在他只剩下不到六个月的时间可以活了。这六个月里，他住在一座公立养老院里，在这个曾经是妇产科医院的地方，住在六楼，窗户上装着护栏。在他的小房间里，杂物车上有一小包一小包的盐和胡椒、已经做完的填字游戏书，只有他的所思所想与他同在。

肺移植是一种载体——就像那艘波士顿威拿钓鱼船，承载着他失散已久的妹妹、几十年不见的前妻、他从来没有见过的我的孩子，而我，他却永远也记不得我的名字。这是一条通往他人的路，通向那些和他联系如此之少的亲人们。

雷吉想聊肺移植，因为那是他的希望。他的巨大希望不仅仅是为了生存，而是为了有机会重新开始他的生活。重活一次，那会和从前不同。

如果不是肺移植，他还能有什么希望呢？

当我父亲去世后，我决定过这样一种生活：永不留下遗憾。我甚至把它写在一张纸上，作为对自己的承诺。

会认为这样的事情可行，说明父亲去世时我是多么的年轻。

我从来没有遇到过一个不带一点遗憾的病人。并不是所有的遗憾都像雷吉那样深刻。大多数人都没有做过这样值得遗憾的事。

但总有一些事情是值得后悔的，即使是在充满快乐的生活中。一位有五个孩子的母亲，拥有一段四十年的幸福婚姻，仍会后悔大学没读完就嫁给了自己的心上人。一个一直生活在家乡小镇、生活富足的农民，想知道如果二战结束时，他接受了长官的意见，在日本待一两年，而不是立刻奔回家去照料山核桃树，自己的人生又会是什么样？

生活是无数的选择，每一个选择都意味着排除其他可能，所以生命中充满了遗憾。这是不可避免的。然而，思考那些遗憾，等于给我们一个思考另一种人生的机会。这是一个思考我们生活中所缺失的东西的机会。最重要的是，即使只是在一个小小的方面，这也是一个寻求理解的机会。

希望存在于相信更好的事情可能发生。遗憾反映出我们所期待的更好的事是什么。悔恨淬炼了希望，也磨砺了渴望。如果你还活着，即便是在临终关怀中心，你仍可以努力把这些希望变成现实。

年轻时，我认为后悔是一种失败，应不惜一切代价避免。事实上，这是一扇窗户，一个不请自来的机会，一种让人不大舒服的提醒，一种痛苦的鼓励，鼓励你去想象别的可能。如果态度变得平和，遗憾也可以成为希望的载体，但是你必须先接纳它。为了要看清那些人生变得不一样的希望到底是什么，你必须紧紧抓住透过装着护栏的窗户洒进屋里的光芒。

在一个人的生命中可能有上千种悔恨，然而希望可能有更多的形态。它无处不在，甚至能从最细微的裂缝中出现、生长，即使是在生命的最后时刻。人们有时会问，希望对于一个治疗无望的病人，对于无法回到他们曾经知晓并热爱的生活中的病人，能有怎样的意义。在濒死之人眼里看来，希望会是什么样的？它可能是任意一样东西，或许是一切。

雷吉的悔恨在于他生命的孤独与空洞，他希望和他人建立联系，或者说渴望爱。他无法为此付出更多努力。前妻不会回到他的身边，他的妹妹也是如此。他的苛求令护士和社工只想逃开，他极度缺爱的表现似乎只是意味着他直到生命终点都没有得到爱，最终，与另一个人建立联系的渴望化为虚无。

在雷吉死去的那个晚上，是帕特里克接的电话。雷吉要求派遣临终告解牧师，而当帕特里克到达的时候，雷吉看着他问道，那个有蓝眼睛的女孩在哪里。当帕特里克解释说只有自己能过来时，雷吉翻了个身，面朝墙壁。

那说的是你吗？帕特里克后来问我，你是否认识那个病人？是的，我说，我当然认识。

其实，到那时为止，我已经近半年没见过雷吉了。我不再隶属于他的养老院。我们已经分开了很长一段时间，甚至直到现在，他都不知道我的姓名，按理说派遣谁过去他都会接受。我不能确定是否真的和雷吉建立了某种联系。但是或许——只是或许，我们曾待在一起便已足够。或许在吃着咸饼干、草莓果冻的会面里，他对于建立联系的希望已经通过某种方式得到了满足，至少我是这样希望的。

灰色地带里的生活

"我设了个陷阱。"《价格公道》节目在插播一则广告，弗兰克说道。

这是弗兰克最喜欢的节目，我们总是一起看一会儿这个节目，再聊聊天。

"你的意思是……"我问。

"要弄清楚是谁偷了药，我设置了个陷阱，就能知道小偷是谁了。"

在过去的两个月里，临终关怀团队一直因止痛药少了而大动肝火。首先是奥施康定片，每次护士来检查时都出现短缺情况。护士长佩吉和临终关怀团队负责人克里斯蒂不禁觉得弗兰克是不是记不住或看不清他在为爱丽丝准备午餐的时候把多少药丸掰碎了放在她的布丁里。由于神经退行性疾病，她已卧床十年，如今她的丈夫弗兰克也上了年纪。

佩吉为爱丽丝换了液态吗啡，希望能便于弗兰克管理。但是那之后，吗啡也开始少了。

佩吉认为弗兰克可能把药洒了，或者倒错了剂量。她决定事先用注射器装好交给他，这样他就没有机会估错剂量，也没有机会让患关节炎的手打翻小瓶子。他可以将正好的剂量喷到爱丽丝的嘴里。

然而在接下来的一周里，一些灌满了药物的注射器也失踪了。

在临终关怀中心，这可是件大事。像吗啡这样的药物是在与剧烈疼痛斗争中的关键组成部分，有了它，病人才能和家人一起共度一段安宁的时光。这对于那些饱受慢性疼痛折磨之苦的病人来说简直是奇迹，但它们也是毒品，是受到严格管制的二类药物。

现在，这不再是弗兰克对药物处理不当的问题了，有人偷了它。

每个有机会打开厨房冰箱的人都受到了怀疑——那里是储存吗啡的地方，这意味着每个走入公寓的临终关怀工作者、家庭雇用的私人助手、弗兰克和爱丽丝的子女及其配偶、孙子孙女都有可能。

小偷可能是家庭成员这一想法对弗兰克来说难以承受，所以他决心把偷东西的人揪出来，为此制定了周密计划，使用锁和定时器。

当他告诉我终于知道是谁偷了吗啡时，他高兴极了。是杰西卡，一个私人助理。

"你确定吗？"我问。

"是啊！我刚告诉过你我是怎么抓住她的。"

"你告诉佩吉了吗？"

"我为什么要告诉佩吉？"他说，"我没有告诉任何人。我只是想还我自己的家人清白。"

"弗兰克，我需要请示上级。"

"你这是什么意思？你不能告诉她。你答应过我，我要你向我保证的。"

恐惧感向我袭来，因为我确实做出过承诺。我一进房间，弗兰克就问我是否能保守秘密。"那当然。"我回答。

"你敢发誓？"他问道。

"是的，"我说，"我发誓。"

老实说，这真是个愚蠢的回答。如果我想让自己好受些，就应该回答得更含混。我当然可以保守很多秘密，但是作为临终关怀团队的成员，有一些事情我必须汇报。虐待老人就是其中之一。这里出现了一个小偷，盗窃了联邦政府严格管控的止痛药物，而长期卧床的爱丽丝需要这种药，才能让自己的生活好过些。小偷的行径完全可以被视为虐待老人，更何况这是非法行为。而且偷窃行为使临终关怀的工作难以开展，另一方面，偷走的吗啡流向何处也是问题，可能让上瘾者面临危险。

经过多方考虑，我必须汇报。

唯一的阻碍是我发誓不会汇报。

"你是一个牧师。我在忏悔中告诉你的内容，你不能告诉任何人。"

"但我不是牧师，弗兰克，这也不是忏悔。"

"我告诉你的事从没告诉过其他人。"

"那些事我永远不会说出去，但这次不同。她在偷你妻子的东西，弗兰克。她在伤害你的妻子，你深爱的妻子。"

"不，她不是。佩吉只会给我更多的吗啡。如果你说出来，她就会进监狱。她的孩子就没有妈妈了，不是这样吗？"

"我确实不知道她会怎么样。"我承认道。

"如果我知道你根本不在乎其他人，我就不会告诉你了。"

"弗兰克，我在乎。"

他凝视着前方，目光穿过房间角落的小电视机和那些小而高的窗户，一缕微弱的光线透过窗户照射着潮湿的公寓，爱丽丝的病床占据了这间公寓起居室的大部分地方。我们并排坐在两把扶手椅上，椅子面对着她的床。

最后他又转身面对我。"你一定要讲吗？你知道有什么是你能告诉他们的吗？你可以告诉他们这么个故事。每个人都需要知道，因为它是真实的。"

"我认识一个邻居家的孩子，看着他长大的。他八岁的时候看见父亲被四个警察活活打死，就在他面前。他们停手后，他跑向自己的父亲，看到他的脑浆流了出来。那些警察却什么事儿也没有，什么都没发生。

"后来，他的母亲不得不从事缝纫和洗衣的工作，供养几个子女。她的背快累断了，但吃的总是不够。他变得暴躁，长成了你所能见到的最愤怒的孩子。

"他十四岁的某一天，他遇到了在他眼皮底下杀死他父亲的其中一个警察，他用刀杀了警察，捅到警察死透为止。

"如果你听说有个少年杀了一个警察，你会认为他是个可怕的人。你会说，把他永远关进监狱去。那是因为你不知道整个故事。你不知道在他身上发生了什么。你不知道他看到了什么。你不知道什么是你不知情的。相反，你只是妄自评判。

"那家伙长大后成了一个细心顾家的好人，他登上捕鱼船，结果摔了一跤，伤了背，后来一路做到大副。他不是个坏人。你明白我的意思了吗？

"世界并不像外人看上去那么黑白分明。它是灰色的。

　　"杰西卡也是这样。我认识她。她认识我的妻子。爱丽丝最喜欢她。她照顾她时温柔又耐心。她从来没发过火。她的孩子都很小，却没有人来帮助她，没有人。知道那个劳务派遣机构付给她多少钱吗？一小时八美元。她必须一个人抚养几个孩子。

　　"如果她转手卖掉吗啡是为了给孩子们买鞋，我没有意见。我可以给爱丽丝弄来更多的药。我知道一个孩子因为没有鞋就没法去上学是什么感觉。

　　"这就是我不告发她的原因，这就是你不能举报她的原因。"

　　他停下来喘气，哭了起来。"世界不是黑白分明的，没有分明的黑与白。只有灰色。你不得不生活在灰色地带，不然你无法心存善念。需要正视灰色地带，这件事你可以去告诉他们，你要把我这几句话告诉每个人。"

　　我向我的车走去，上车后久久地坐在驾驶座上。那位助手我也认识，我们见过几回。她总是给我和弗兰克看存在手机里的孩子们的照片。一次，她向我求助，由于接连两轮连续上七天的班，她已经没有足够的臂力帮爱丽丝动作轻柔地翻个身。她在圣诞节时问我是否想折价买点食品券，这样她就有钱买玩具给她的孩子们了，他们还小，依然相信有圣诞老人。我结结巴巴，涨红了脸，不知道她到底要求我做什么。我拒绝了，不是因为那是违法的，而是因为我不知道如何使用食品券。当我的孩子们还是婴儿的时候，我的生活是艰难的，但她的生活是我所不曾经历的动荡和脆弱。

最后我叫来了格蕾丝，她是我的搭档。也许我的工作最大的好处就是可以和其他人一起工作。格蕾丝比我年长，更有经验，更会分析问题，总的来说比我好得多。

我把整个情况都告诉了她，并且问她我该怎么做。

"克里斯蒂需要知道这件事。"她用沙哑的声音平静地说。

"我知道，我知道。只是一想到要告诉她我就很难受，因为弗兰克让我别说。"

"但是这里还有其他因素在起作用，除了他的愿望之外的因素。你需要捍卫一个病人的最大利益，你要遵守法律。想想我们的机构和其他需要帮助的病人。如果我们关门，谁会受到影响。你需要考虑的是那些买到吗啡的瘾君子。"

"我知道。可我无法把他的音容赶出脑海。我忘不了他讲的故事……"

　　格蕾丝打断了我："已经搞定了。我已经告诉她了。"

　　"什么？"

　　"嗯，我从没承诺过不告诉克里斯蒂和佩吉。你承诺过，但我没有。所以刚才聊天的时候我发了一封邮件。任务完成了。"

　　我说不出话，手机突然响了，是上司克里斯蒂打来的电话。

　　"我得走了。"我对格蕾丝说。

　　"祝你好运。"

　　克里斯蒂看起来有些不悦："你真的不打算把事情告诉我吗，凯莉？"

　　"我当然不能，我只想在脑中斟酌这个问题。"

　　"什么叫斟酌？事情明摆着，凯，没什么好考虑的，非黑即白。"

　　但对于弗兰克、对于我来说，事情并不是这样。

　　"你必须生活在灰色地带，否则心里就没有仁慈可言。"弗兰克说。他说的灰色地带是什么意思？这和仁慈有什么关系呢？

　　我无法回答他的问题，但是我知道为什么他的话让我在车里坐了一个小时。

我被诊断患上产后精神疾病时，服用了一种叫再普乐（Zyprexa）的药物。它拯救了我的命，也让我的生活变得举步维艰。服药前，我患上紧张型精神分裂症，一连好几个小时都动弹不得；服药后，我每天睡十六个小时，三个月里体重增加了六十磅。我的腿愈发疼痛，脚也无法控制地抽搐，行走时就像在齐腰高的湿混凝土中艰难跋涉，脑袋也像灌满了湿漉漉的混凝土，甚至最基本的想法都是在精神高度集中和挣扎之后才能浮现。我每天都要靠待办事项清单度日，它提醒我"刷牙""洗脸""穿衣""换婴儿尿布"。每一个行动都让人身心俱疲。

所以，虽然我的身体好多了，但是独自带着一个九个月大的婴儿去购物仍然超出我的能力。我需要买一双可以缓解脚痛的新鞋，所以母亲带我去了梅西百货，就好像我又做回她的小女儿一样。

当我试穿了那些丑丑的鞋，缓慢地逐步控制我的肌肉，用我需要的方式移动，同时竭力迫使我的大脑足够集中注意力，做出买哪双的选择——这个任务很难，我一直都不理解别人是如何完成的。我的孩子却不耐烦了，婴儿车里的他开始尖声喊叫、扭动。当母亲去找售货员要一些不同尺码的鞋子让我试穿时，他哭了起来。

我坐在那里，一只鞋子穿在脚上，另一只鞋子脱在旁边，我感到困惑、疲惫，被我面目全非的生活彻底打败——看看我变成了什么样子。我只能看着孩子哭，一边等母亲回来告诉我该怎么办。

坐在不远处的一个女人开始和她的朋友议论起来，声音大得我都能听到。

"什么样的母亲会坐视自己的孩子哭呢？"她说，"你见过这样的事情吗？"我坐着听她闲扯我和我的孩子。她说，一个哭泣的婴儿应该比一双新鞋更重要。但是显然有些人就是那么自私，还是因为懒惰？如果她有了孩子，她就不会让他那样哭。这样的女人为什么要生孩子？她是绝不会让自己的孩子那样哭的。

我妈妈回来了，拿给我一双更大的鞋子，更合适我肿胀的脚。"赶快穿上试试。"她鼓励道，转身让我的孩子安静下来。

而我突然发作了。那个女人不可能知道我病得有多严重，也不可能知道我服用的药物引发了多严重的后遗症。她只是根据她所看到的来判断，而她所看到的对她来说是非黑即白的。她对我没有丝毫的怀疑，对我、我的母亲和我的儿子究竟发生了什么事也不感兴趣。我想让她知道我生病了，我已经尽力了。我希望她不要再羞辱我了。我想让她明白，我对所发生的一切和我现在的样子感到十分羞愧，疲于应对。我想让她看到我是灰色的。我站起来——慢慢地——走到她跟前，一步又一步，以我最快的速度走过水泥地面。她和她的朋友厌恶地看着我。我没有说任何我想说的话，当时我找不到语言来表达出来。相反，我说："婴儿有时会哭。他们就是这样的。如果你不能忍受婴儿哭闹的声音，那么你没有孩子也是件好事。希望你永远都不要有孩子。不用忍受你这样的妈真好。"

她一下子哭了，抽泣得那么剧烈，以致试穿的靴子从她脚上掉了下来。她哭得厉害，我甚至怀疑她是不是在假装。最后，她的朋友拉住她的胳膊肘，捡起她的鞋子和钱包，说："走，我们走吧。"

直到几年之后，我才有心思索为什么那个女人会有这样的反应。直到那时，我才想到她可能遇到了什么事。她无法怀孕？还是因为婴儿夭折而失去了一个孩子？由此，我才想到了她生活中我看不到的灰色，而不是我看到的非黑即白。直到那时，我才意识到我也没有善待她。

事情从来都不是像表面上看起来的那样。我进行临终关怀的病人教会了我这一点。人的生活总是有不同层面，看不见的记忆隐藏在每一张脸、每一个决定、每一个动作或静止的背后。黑与白之间总有灰色地带。

又到了拜访弗兰克的日子，我敲了敲门。弗兰克开门后，静静地站在纱门的另一边。

"你好，弗兰克。"我说。

他站在那里瞪着我。与其说生气，不如说他看上去很空虚。我们就这样待了整整一分钟。然后他推了推纱门，让它为我敞开。我走了进去，他转身走开了，一言不发。

我跟着他走进客厅，来到爱丽丝的床前。她笑了笑，举起食指，表示想握住我的手。像往常一样，我大声念了十遍"万福马利亚"，她也低语着，随后闭上眼睛，松开了我的手。

我转头看着弗兰克。他坐在扶手椅上，看着我们，双臂交叉在胸前，垂着下巴，但仍然什么也不对我说。

"嗨，弗兰克，我可以坐下吗？"

没有回答。我仍然站着。"你在生我的气。我很抱歉。"

什么回应都没有。

"弗兰克。"我犹豫了。我是否应该对所发生的一切做一个圆满的解释？试图为我的行为辩护？告诉他说严格意义上来说我没有违背誓言？向他解释说我对病人的安全和幸福的义务压倒了他要我守口如瓶的愿望，本质上来说这破坏了我们建立的关系？

然而我只是说："你知道，我也得活在灰色地带里。"

他吸了口气，抬起了头。"是的，"他缓缓说道，"是的，我想是的。"

我又静静地等了十秒钟，然后拿起包准备走了。

"你可以坐下。"他终于说。

在我们的生命里，不仅是我们自己的生活中，而且在遇到的每一个人的生活中都有灰色地带，只是这种灰色并不能免除我们不得不采取行动的责任。它不能阻止生命继续前进，因为即使不再前进，生命也会在世上引起涟漪——在我们静止的时候周围会有其他的动静。

生活在灰色地带并不能使我们免除经历困苦和艰难抉择。如果说有什么不同的话，那就是它让这些时刻变得更为艰难。

但也许这就是问题的关键所在。它使论断他人变得更难，因此也使他们更为难堪。当我们不能让他人羞愧的时候，我们就很难让自己相信他们和我们一点都不像，或者没有任何事情能让我们和他们一样相像。这意味着承认我们中的任何一个人都可能既是一位慈爱的母亲，又是一个从垂死病人身上偷取东西的毒贩；这两种情况可能同时发生。我们中的任何一个人都可能是一个顾家的丈夫和一个曾经杀过人的男人。我们中的任何一个人都可能是一个牧师，每天都在努力安慰垂死的人，又是一个曾在梅西百货的皮鞋专柜里把一个陌生人逼哭的人。

善良不等于随和，抑或是装聋作哑充耳不闻，抑或是回避矛盾当和事佬。应当承认的是，没有任何生命是如其所见，可以理解的是，我们永远不知道一个生命个体的所有层面，但我们所有人可以选择像身处内心深处那片灰色地带的困境里时那样去说、去做，就像奥施康定片，像贝壳状的船身，像混凝土那样的灰色时刻。

耶利米书

　　他个子高大，壮实的身体左半边埋在椅子里，右半边歪着看起来像是要融化了似的。右脸的皮肤一直垂到下巴，把他的下颚拉得老长，嘴唇歪斜得厉害，眼珠几乎要夺眶而出，而左边脸如同石雕般坚硬，眼睛歪斜，嘴唇紧闭成一条阴郁的直线。一边是喷薄而出的愤怒，而另一边却流露着精疲力竭。

　　最近他刚刚从医院转到了养老院这个私密而又昂贵的地方，人们只能看到他中风了，却不知道真正要致他死命的原因。中风让他失去语言能力，不再说话，不能指挥右边的身体。尽管右侧其实损伤较小，却坚硬、毫无知觉。

　　我曾和一个试着唤回他的自我意识的护士在电话上聊起他，她和他并不相识，由于他前来复健时已经是在中风后失去了说话能力，她表示他们都不知道他有多大面积的脑损伤。他不会笑，没有眼神交流，当养老院的员工触碰他时，除了攻击之外，他不会有别的反应。

　　"我不想进去，"她说，"他可不喜欢访客，我也不知道他会做出什么事情来。"

"好吧，那我就联系一下他的妻子，告诉她我的联系方式，万一她想找我。"

这种介绍性质的电话并不简单，尤其是当病人在养老院而家人却在家的时候，这里面往往大有学问。你不得不迅速报上名字和头衔，然后尝试解释告解牧师的角色以及自己为什么在他们表示自己早已有牧师并挂上电话之前，打上门来。

有时候病人的配偶会很机警。有时候会乐意分享对丈夫或者妻子好恶、个人经历以及信仰的洞见，还可能确定私下会面的时间。有时候则表示自己不想和我聊天。有时候说不想聊，结果和我聊了一个小时，还让我下周再打电话来。有些人和我聊了好几个小时，然而我依旧无法确定他们是否愿意走进房间，坐在我的面前。有时候他们敞开心扉，不是因为我说了或者做了什么，而是因为他们想和什么人聊聊，恰好我就是那个人。一个病人的丈夫还没等我开始自我介绍就把我打断了。"我知道你是干吗的，"他说，"因为我正在军队服役，你就是能倾诉秘密的人。"

所以，当我拿出手机，要给这个新病人的妻子打过去的时候，护士停住了往小杯子里放药的手，抬头看着我。

"她是个善良的女士，但是非常情绪化。略有点儿歇斯底里，拒绝接受现实。事实上她很可能会启用你。"

说她情绪化，护士是对的，我刚说了几句自我介绍，她就开始哭，并把她所爱的丈夫的一切都和盘托出。他的善良，他的幽默，他的强大。在超过四十年的时间里，他极其自律地练习弹钢琴，还是个好父亲。她说她知道他现在变得易于攻击别人，但是不相信他有重大的脑损伤。她觉得他只是害怕，是护士妄下论断。她表示知道自己并不受待见，所以连带着丈夫也被当成暴徒，她觉得我的造访会是个好主意。她告诉我他热爱《圣经》，如果我能为他朗读会是个好事。"他那么孤单，请去看看他吧。"

于是我告诉护士，自己会去看看他。

"请自便，但要确保你坐得足够远，这样他就不会抓住你或者打你。把你的工作牌挂绳取下来，这样他就不会掐死你了，"她说着，朝我脖子上的证件点了点头，"你结束探访时告诉我一声，这样我就不会担心了。"

疗养院的护士们通常都不会关注我，当我拿起病人的病历卡，照着上面的内容在自己的本子上做记录时，她们看上去总有点困惑，而且从来没有要求我在探视之后告诉她们的做法，这不禁让我有点紧张。

我敲了敲病人的门，走了进去，作了自我介绍。他瞥了我一眼，然后直视前方。我告诉他，他的妻子要求我来看他，给他读书，他没有表示不同意，于是我翻开了《诗篇》，我最喜欢的章节。几乎每个喜欢《圣经》的人都是因为喜欢赞美诗。我慢慢地读着，回味着诗歌，用眼角的余光看他。他似乎不想理睬我，但是我一讲完，他就用他那只能动弹的手做了个手势，似乎是想伸手够书。

"你想拿过去吗？"我问。他没有点头，但他那只颤抖的手一直伸着，眼睛盯着书，嘴里嘟囔着。我把书打开，放在他腿上。"也许你能找到你最喜欢的一段，我来大声朗读。"

《圣经》很小，小到可以装进我的工作包里，包里还有好几个文件夹和一台笔记本电脑。印在纸上的字那么小，纸如丝般纤薄。如果光线很暗，我自己几乎会看不清。他开始用左手翻书页，手指僵硬。不过，他实在笨手笨脚，根本无法驾驭书页。他缓慢而猛烈地拍打着，一页页地搓揉着，薄如蝉翼的书页皱成了一团。他嘟囔着撕下了一些书页。他来回翻动，慢慢地撕下书页，一页页书飘落在地。他紧盯着发生的这一切。

我坐在椅子边上，看着这一切。我不知道他是在胡乱地翻动书页，还是突然生气了，试图毁掉这本书。

"你有最喜欢的诗句吗？"我试探地问道。我伸手把那本损坏的书拿走。他粗暴地打了我的手，然后继续翻书，聚精会神地翻书。

我不知道该如何结束这一切，即使他确实在寻找某一段，我也不知道他如何能找到。我不知道怎样才能把书从他手里夺回来，以及怎样才能给这个至少持续了五分钟的过程画上一个完美的句号，这五分钟实在漫长。我考虑过去找护士，又担心这样做会毁掉我与他建立联系的机会。我不敢走近他把书拿回来。我不知道该做什么，也因此感到尴尬。我想离开那里。

然而，他停了下来，对我大喝一声，用他那颤抖得厉害的手把书递给我。

我小心翼翼地接过来，低头看。残缺的书，此时第一页已是耶利米书部分中的一页。

耶利米书的大部分内容很难读。耶利米是一位希伯来先知，他对自己的人民进行了严厉的批评，由此产生了"哀哭"一词，这是一个长长的、痛苦的清单，上面列着群体性的错误和对社会崩溃的预言。这种哀哭并不能安慰任何人。

尽管很多人都这么认为，但是《圣经》中的先知并不是预言家。他们不预测遥远未来的事件，虽然早期的基督徒（有些人至今仍在这样做）喜欢寻找几个世纪前在《圣经》中预言耶稣出现的地方，但这并不是先知自己想要做的。

先知试图告诉人们那些不想知道的残酷事实，就在此时此地。

耶利米毫不留情地道出残酷的事实。他生活在动荡不安的时期，在四十多年的岁月里，他向书记员巴录口述，也对公众讲述希伯来人犯下的罪行和暴露出的缺陷，认为如果继续这样下去，可怕的事情就会降临。他还给祭司和长老写了措辞严厉的信件，采取行动让别人关注他的警告（其中包括把巨大的木轭架在脖子上，然后在街上漫步）。在这段时间里，犹大王国遭到侵略并灭亡了，耶路撒冷的圣殿被彻底摧毁，希伯来人从神应许他们的土地被驱逐到巴比伦。他们失去了他们所熟悉的家园和犹太式的生活。上帝看似抛弃了他们，违背了他对他们做的所有承诺。

几十年来，耶利米一直警告他的人民灾难迫在眉睫，他把责任完全推卸到他们的肩上。他告诉希伯来人，他们所遭遇的一切苦难都是他们应得的。他说这一切话都是耶和华吩咐他说的。

因此，当眼前的病人停留在《耶利米书》时，他使出全身力气，把打开的《圣经》递给我，咕哝了一声，同时点了点头，我突然感到一阵恐慌。不管上面写的是什么，我都应该大声读出来吗？如果他停留在《耶利米书》第17

章怎么办?

> 并且你因自己的罪,
>
> 必失去我所赐给你的产业,
>
> 我也必使你在你所不认识的地上,
>
> 服侍你的仇敌,
>
> 因为你使我怒中起火,
>
> 直烧到永远。

或者《耶利米书》第 4 章:

> 你凄凉的时候要怎么行呢?
>
> 你虽穿上朱红衣服,
>
> 佩戴黄金装饰,
>
> 用颜料修饰眼目,
>
> 这样标致是枉然的。
>
> 恋爱你的藐视你,
>
> 并且寻索你的性命。

我应该翻到另一页吗?应该假装不懂他的意思吗?我想他不可能有意让我读《耶利米书》。

"你想让我读给你听吗?"我问。他第一次直视我,我想这是最明确的肯定表示了。

我低头看着膝上那本被撕坏的《圣经》,很快扫了一眼页面顶部的两行。

我望着对面的男人。"这是你最喜欢的部分吗?"我傻乎乎地问。他把目光移开,这样一来,他塌陷的那边脸对着我。

我大声念出来:

> 我以永远的爱,爱你;
>
> 我以慈爱吸引你。

眼泪静静地从他的脸颊上滚落。我松了一口气。他选择的诗篇并非严酷的批评。他显得很平静。于是我把剩下的《圣经》拿回来了。

因为害怕、因为恐惧阻止了我的好奇心,我停止了阅读。

"好了!"我带着虚假的开朗说,"我该走了!"

我拿起包走了出去。

"里面究竟发生了什么事?"护士问。

"哦,很好,"我说,"我就是给他读了一点儿书。"

直到回到家，我才把这一章的其余部分读完。

对于遭受如此巨大损失的人，还能想出比这更有安慰感的话语吗？正如耶利米所宣扬的，巨大的损失中也包含着希望，人民将再次载歌载舞，即使是老人也不例外。

他想让我读的恰恰是这样的话。他花了十分钟的时间，费了数不清的力气才找到了他想听的话，我却没有念给他听。

所以为什么？我已经开始读了，为什么停下？

护士的警告已经让我很紧张了，我又眼看他把《圣经》撕掉；看到剩下的《圣经》以《耶利米书》开头，我以为他做了最坏的打算。但是我忘了，即使上帝谴责了犹太人的行为，他也承诺他们的苦难不会永远持续下去。事实上，一些学者认为，正是在流亡巴比伦期间，犹太人才真正成为犹太人。正是在那时，犹太教发展出了革命性的一神论信仰。由于无法进行只有在耶路撒冷圣殿才能进行的动物祭祀，犹太人开始认真学习《塔木德》，拉比的传统就这样形成。在新成立的地方会堂里开始礼拜，包括唱歌、祈祷和诵读《塔木德》，这些都是今天犹太礼拜的标志。所以说，这次流亡让犹太人更深刻地成为他们自己。我只把注意力集中在痛苦上，而忘记了痛苦可以催生完全不同的东西。

是的，我一直很紧张。但是我也对这个几乎一无所知的男人下定了救助的决心。我原以为他不知道自己在做什么，他翻到的那一页是个错误或巧合。我根据几声咕哝、几次疼挛的动作和护士的报告判断他无法胜任，却没有看到他也是善良的丈夫、成功的律师、溺爱孙辈的祖父。他很可能极为珍视这一段文字，不惜用毁掉《圣经》的方式寻找到它。

他的妻子并没有要求我去安慰他，只是要我去见他。但在这一点上，我也失败了。我拜访了他，实际上却没有看清他。我无法越过他饱受中风侵害的身体而看见他的内心。

家属和病人一次又一次地想看到、了解和接受真实的自己。当别人对你的身体的看法和你对自己的认识不一致、当人们只根据你的身体来判断你时，你一定很难做到这一点。当你周围的人拒绝接受你的真实身份、拒绝接受你的恐惧、拒绝接受你的脆弱时，你一定很难过。

"这对你来说可能听起来很疯狂。"另一位病人一边小心翼翼地把花瓶里的花重新摆放好，一边慢慢地说。莎莉做了几十年花艺师，婚姻幸福，养育了四个孩子，周二打桥牌，周四去图书馆玩桌游，最喜欢在罗得岛州寒冷潮湿的冬天去加勒比海上巡航。"我其实是圣女贞德转世。"

"啊哈。"我说。

"你认为我疯了吗？"她不再摆弄那些花，而是直视着我。

"没有。"

"为什么不可能呢？"

"世界上有一半人相信轮回。我凭什么说这不是真的？"

她深深地叹了口气。"这是一种解脱，"她又叹了口气，"你不知道我感觉有多轻松。谢谢。"

她的儿子很担心。"妈妈告诉我她跟你说过她和圣女贞德的事？"有一天，他说。

"是的。"我回答。

"谢谢你的支持。你知道，她不是真的疯了。我们不知道这是从什么时候开始的。她已经说了好几年了。也许几十年了。早在她生病之前。你不认为她疯了，这对她来说意义重大。"

事实上，我自己发过疯的好处之一就是，"发疯"不再让我大惊小怪。那次经历彻底改变了我对疯狂的定义和理解。

不过，更大的好处是，我不会那么快地拒绝那些可能实现的想法。我想这就是为什么人们把氯胺酮这样的镇静剂当消遣服用——为了拓展他们的思维。我猜从这个意义上说，它对我起了作用。尽管它也给我带来了创伤和痛苦，但也让我变得愿意接受人们对我提出的任何想法。并不是说我没有自己的一套信念和原则，而是我通常能看到别人的观点和他们信念背后的逻辑，不管多么不寻常，我都不会担心或受到它的威胁。

"我不知道她为什么坚持那个想法，"莎莉的儿子困惑地说，"她怎么会说出那样的话来呢？"

因为也许她真的是圣女贞德的转世，我想了想，但没有说。

我并不认为莎莉就是贞德。当然，也没有确凿的证据证明她不是。你怎么能证明呢？这就像试图证明没有绿色外星人一样。你不能证伪。

把它变成一个更有趣的问题的话，应该是：圣女贞德转世有什么含义呢？这对你的生活有什么影响？

不过，我从来没有问过这个问题。莎莉再也没有提起转世，也没有提起她的身份，尽管有很多机会。对她来说，重要的是我知道并接受她她认为自己是谁。

你认为你自己是谁——这是个奇怪的问题，对吧？但诚实的回答这个问题能让一个人更了解自己。

我生病的时候，那还是翻盖手机的年代，我把一条信息当屏保，这样我每次打开手机都能看到它。

信息的内容是，你做得到。

当时，我没有能力做到。我没有能力保住一份工作。我没有能力照顾一个婴儿。我甚至没有能力照顾好自己。

但是我需要相信，不管外表和所处的环境如何，内心深处仍有能力，即使当下并不是这样。我需要整天都提醒自己这件事。

我需要保守秘密。我没有把它写在便条上，然后钉在厨房水槽上方或浴室镜子上，虽然我经常这样做，去记住需要记住的事。

我不想让任何人看到这条信息，原因有二：首先，我不想让任何人知道我需要提醒自己，我不需要怜悯；第二，我害怕有人会告诉我这不是真的。我不希望有人用那缓慢、试图抚慰却带着侮辱的声音说，我曾经是一个能干的人，但现在不是这样了——我已正式成为并永远是一个无能的人。我担心氯胺酮和精神病可能已经改变了我最深的部分，我的基本身份已经被摧毁了。突然间，在三十一岁的时候，我什么都不是了。

我们是由我们的经历创造的吗？我们内心深处的自我

会被生活中发生的事情摧毁吗？或者我们有某种不变的、根本的灵魂？

当我走进来时，约翰放下了他正在读的书。那是一本讲述马萨诸塞殖民地早期的历史。它描述的许多事件都发生在我们所在的地方，秃鹰湾。

他说："我很高兴如今我不需要当朝圣者了。"

我知道他的意思。马萨诸塞州南部海岸的冬天很残酷。每天都是灰蒙蒙的，下午两点半，天空就变得昏暗，四点时就黑了。气候潮湿，太潮了。海洋上的薄雾冻结成咸咸的小冰雹，风仿佛能刺破你的皮肤。冰冻的薄雾覆盖着所有的窗户、树木、你的脸和眼睛，被黏糊糊的灰色盐粒覆盖。有些日子，你永远感觉不到暖和，即使在室内吹着中央空调，穿着羊毛袜。

"你能想象四百年前在这里生存的情形吗？"我说，"什么都没有，没有地方避风，没有地方取暖，没有地方买食物？"

"那太可怕了。只有海滩和那艘困了你好几个月的船，出不去的。"他严肃地点点头。

"那些朝圣者是坚强的，我肯定会退缩。他们比我坚强得多。"

他把头歪向一边，仔细地看着我。"你说要坚强，好像这是件好事。"他最后说。

我想了一会儿，说："是的。我想这是件好事。我想我希望我能更坚强一些。"

"不不。"他看向别处，挥了挥手。

"不？"我问。

"不。坚强使人无情。你很幸运，不用那么坚强。"他的脸饱经风霜，布满皱纹，手粗大又结实，深棕色的眼睛从浓浓的眉毛下凝视我的脸。

"但坚强会让你变得强大，而这正是我所希望的，变得强大。"

"你真错了。坚强和强大，两者完全不同。"

"是吗？"

"对，它们正相反。"

"怎么说？"

"你必须坚强，因为你并不强大。就是这样。我是坚强的，但我别无选择。这不是我想要的。我想告诉你的真相是：如果你不需要变得坚强，那真是幸运的。你可以做真实的自己。没有人出生就很坚强。一些事情让你变成那样。坚强会让你变得无情。保持善良才更好。"

"是什么让你这么坚强？"

他久久凝视着我，"生活"。

他结婚不久就去太平洋打仗了。其间，他的妻子生下第一个孩子，一个小女孩。他回国探亲时第一次见到女儿，她已蹒跚学步。

"然后我又走了，"他说，"我每天都想着那个婴儿，每天都想着我的妻子。我会闭上眼睛，想象自己回到家里。我能听到他们，看到他们，感觉到他们。是她们让我熬过来的。一直想着她们。

"她过去几乎每天都给我写信，但后来来信越来越少了。我以为她在忙着照顾孩子，或者信件投寄越来越难。我从来没有怀疑过。

"所以收到那封信的时候，我很恼火。她不再爱我了。她遇到了别人，她要离开我。

"她还附上了一张我抱着小女儿的照片。

"你听说过'分手信'吗？这确实是一封绝交信。我蹲在地上看，把它扔在地上，然后我站起来走进了丛林。我想杀人。我的士官在我身后喊，但他没有拦住我。他知道他做不到。我走到我知道有日本人藏着的地方。我杀了他们。"

我们静静地坐着。

"我很长时间没有见到女儿了。那时，她已经是个大姑娘了。她不认识我，也不爱我。但她为什么要爱我？对她而言我只是个陌生人，见鬼，我对自己也还是个陌生人。这就是坚强的作用，它使你变成陌生人。"

当我刚开始在临终关怀中心工作的时候，有人告诉我，在人生的大部分时间里，你可能内心软弱，但你可以通过穿上坚硬的外壳渡过难关。但是如果你在临终关怀中心工作，你就必须在外面保持温柔。所以为了站得直，就必须有一根钢铁脊柱。有两种方式穿越这个世界，有两种方式处理生命中不可避免的损失——带着坚硬的外壳，还是带着坚硬的脊梁。

我长驻医院时，一天下午，一个护士把我叫到新生儿重症监护室，有个婴儿快要死了。

她是早产儿，非常非常小。一开始她似乎能活下来，经历一连串的险情，坚强得惊人，但是，一个小时后就离开人世了，大致就是这样。

当医生和护士给孩子做检查时，我和孩子的母亲坐在一个没有窗的小房间里，房间里摆满了沙发和纸巾盒，大多数病人和来访者甚至都不知道医院里有这些东西。这是她第一次怀孕，孕期已经超过三个月。她告诉我她生了一对双胞胎，其中的男孩已经死了。她四十三岁了，有先兆子痫，她认为自己不会再有孩子了。

医疗团队已无能为力，所以护士找到了我。

回到病房，婴儿被裹在温暖的毯子里。医生把她交给母亲。这是她第一次看到女儿的脸，她的嘴巴和鼻子里没有插管子，头皮上也没有插着针头。

女人沉默了很长时间，没有哭，也没有发问。"谢谢你，"她对怀里的小婴儿说，"谢谢你让我做你的妈妈。"

我们三个人在新生儿重症监护室的角落里坐了很长时间，婴儿、她妈妈和我。

"我一直想当妈妈，"女人突然开口，"他们出生时，我就当上了妈妈。"

"是的。"我说。

"即使他们离开了，我仍然是一个母亲。不管发生什么事，我永远都是一个母亲。是他们给了我这个身份。"

可以说，你失去的东西会塑造你成为什么样的人。但是那并没有抹去之前发生的一切。这个母亲失去了两个孩子，但这并不能改变她已成为一名母亲这件事，而且在他们死后，她仍将是一个母亲。我的中风病人失去了语言能力，但这并没有抵消他作为父亲、丈夫、律师和钢琴演奏者的岁月。

有时候，失去亲人的痛苦是如此之大，以至于套一个外壳似乎是保护我们灵魂的唯一方式，一个外壳是如此之坚硬，以至于我们不再认识自己。但我们仍然在那里。我们过去的一切都还在。只是看不见而已。有时它甚至对我们自己隐藏起来。

多年以后，我非常想回到过去，想回到生病前的自己。我想念那个女人，我曾经的自己——她的思想，她的身体，她的精神生活，她对自己和世界的信念。我想要她回来，想再次成为她，我以为她永远走了，被抹去了。

但事实并非如此。我不能回到过去做我自己。但那时的我也没有离开。

自然规律也不是这样运行的，每年春天，树都会长出新的嫩枝来。这些叶子不可避免地会枯死，但树干的年轮却一直在那里，从第一个春天它就在树的深处。有些年轮是厚的，当生活很容易，雨水充足；有些太瘦小了，当挣扎着要活下来的时候，人们几乎看不到它们，但所有的年轮都还在。

藤壶是通过生长而成长的，它的壳一天比一天厚，保护着最初附着在坚硬物体上的小小的肉质身体。你看不见身体并不意味着藤壶的壳里没有生命。

不管别人是否意识到，生物都在不断发展，直到死亡的那一刻。你不会失去曾经的自己，但也没有回头路，只有变化恒久。

我们是否有一个本质的灵魂，或者我们的身份是否受制于发生在我们身上的事？答案似乎是两者同时发生。我们正在成为我们自己，直到死去的那一刻。

即使可怕的事情发生在我们身上，我们仍然在成为自己。就像耶利米时代的希伯来人，尽管遭受了巨大的痛苦和损失，他们仍然成为犹太人。

如同树或藤壶：成长中有两种方式来应对生命中不可避免的损失和创伤，这两种方法让你成为自己会成为的样子。

不断重生，不断改变

"你知道，我不怕死。"在我为路易丝朗读的时候，她喃喃低语着，我把书放了下来。

"你不怕？"

"对，我没怕过。它并不像看起来那样。"

我等待着，感觉到特别的时刻正在来临，因为路易丝从不曾这么说话。

路易丝来自意大利移民家庭，父母是天主教徒。她和已离世近三十年的丈夫将七个孩子抚养长大。路易丝和儿子埃迪、儿媳伊莱妮同住，埃迪是福音会的非限定教派牧师。当我去拜访路易丝的时候，总会遇到埃迪或者伊莱妮，我们总有的聊。他们会唱起赞美诗，路易丝会一起唱；当他们读她最喜欢的《圣经》段落时，她会微笑。如果露易丝感觉不错的话，她会聊聊孩子们小的时候。埃迪会把他和兄弟们过去常惹的麻烦告诉我。气氛总是那么欢快。

这一次，只有露易丝和我。她让我为她读书。

过了一分钟，她发出了一声深深的、颤抖的叹息，带着一丝呻吟。"你想……"我刚开口她就打断了我的话。

"我的孩子里有五个没有得救。我每天都在为此祈祷。我不能死，除非知道他们得救了。我不能离开他们。他们还没有得救，你懂我的意思吗？"

我懂，因为以前也听别人说起过，从其他十几位父母那里目睹过这样的痛苦。

路易丝指的是一种特殊的福音派基督教信仰，即需要"重生"才能得救，而后得到进入天堂的许可。

如果你不认同或不熟悉这个信念，那么请站在路易丝的立场上想一想。你就要死了，也相信被拯救了，你将要上天堂，但你的一些孩子不会去，至少现在不会。你全心全意地爱这些孩子。你曾把他们抱在怀里，用乳房喂养他们，给他们的小身体洗澡，在他们的膝盖上贴上创可贴，几乎二十年来的每天晚上都给他们做晚饭。当他们被朋友拒绝时，你和他们一同哭泣；当他们打出第一个本垒打的时候，当你在合唱音乐会中听到他们的声音的时候，你会感到心怦怦直跳。你看着他们成长，感觉到你对他们的爱在不断膨胀。当他们得到生活的历练，有时也要痛苦挣扎时，你仍然爱他们。你爱他们胜过生命。

但是你也担心孩子们会下地狱，因为他们没有得救。你已经尽你所能去帮助孩子得救，他们却不感兴趣。他们有自己的信仰，或者根本没有信仰。而你快死了，在你的信仰体系中，你死去后，将再也见不到他们。他们不仅会永远失去你，还会遭受痛苦。这使做父母的变得处境尴尬，使爱变成了谎言。

但你不能承认这一点。你不能承认这种信念——对于像路易丝这样的人，这种信念是社会及家庭的基石——在动摇你的根本。你也无法和孩子讲述自己的痛苦。

如果我是露易丝，我也不甘心那样死去。

有很多次，当我和她这样的人交谈时，我想大喊："这只是一种解释而已！这不是得到救赎的唯一方法，也不是最常见、最古老的方法！还有其他方法，不同的方法来回答这些问题！"

但是我不该那样做。我不是去说服别人改变信仰的，也不是去上历史课的。对方也不会说服我相信她所相信的事。

我是去帮助对方弄清楚相信什么，什么能带来慰藉，生命的意义何在。

所以我学会了咬住嘴唇，问："得救是什么感觉？"这是我从另一个病人那里学会问的问题。

埃莉诺身材娇小，身高不足五英尺，体重不足一百磅。她已是直肠癌晚期，这对她来说既尴尬又丢脸。她天性好交际，喜欢和男人调情，和朋友聊天。但是现在她非常害怕任何可能发生的意外，所以她待在卫生间附近，在安装了辅助设施的卧室里吃饭。

她的房间被一张大号的床占满了，床上放着她从家里带来的花被，每当我看到她躺在床上时，她看起来就好像被这床被子吞噬了一样。随着时间的推移，这种感觉愈发强烈起来。她通常会坐在浅蓝色的躺椅上，紧挨着一个透明的橡胶储物箱，那里面装满纱线，但是由于手指得了关节炎，她已经不能编织了。窗帘总是拉下来，否则她没法看清电视屏幕，一旦拉下来，凭她自己就很难把窗帘升上去。

埃莉诺比她的三任丈夫都长寿。她没有孩子，脚指甲使她感到剧痛，假牙在萎缩的嘴里格格作响，依然活着让她深感愤怒。

在临终关怀中心工作，你会领悟到，事实上对有些人而言，寿则多辱。

有一次，在我敲门问好后，她轻蔑地挥了挥手，把目光投向别处，痛苦地说道："我知道你是谁，所以尽完你的本分就走吧。"但通常情况下，当我敲门时，她会微笑着请我进来和她谈谈，并把她没吃完的午餐盘递给我。

大部分情况下，她会谈论她已故的丈夫、姐姐和她美丽的农场。她说过，她一生都是南方浸信会教徒，但她不曾谈论她的信仰或精神生活，甚至在我提醒她的时候，她也没有提及，只是愤怒地说教友不再来看她了。说实话，我从来不曾确定她是否真的想要我去看她，或者她是否只是出于礼貌而容忍我，就像在南方长大的有教养的女人那样。有一天，我不记得是因为谈论什么，她提到了她得救的那天。

我请她多告诉我一些当时的情况。

"告诉你什么？"

"你得救的时候发生了什么，那是什么感觉？你怎么知道自己得救了？"

"我闭上眼睛就能再次感觉到。"她说。她总是绷紧的身体——胳膊放在大腿上，两腿并拢，身体前倾，而不是往后仰——放松地躺在躺椅上。痛苦的表情和额头上的皱纹都消失了。"我参加了一场集会，许多人走到帐篷里去。我见过这种牧师发出召唤的场面，但从没想过要去。那天似乎没有什么不同，然而，我从不曾真正明白当时发生了什么，但当我走出帐篷时，突然发现树上的叶子是那么绿。我想我以前怎么没注意到那种绿色，就好像全世界的颜色都变了。我能看到每一片草叶，听见每只鸟都在唱歌。我能感觉到皮肤上的每一缕阳光。整个世界都变了。"

后来我也问了很多这样的病人，得到的回答几乎是一样的。一切看起来都不一样，听起来也不一样，甚至连空气都不一样。世界为他们而焕然一新。"我简直不敢相信这个世界如此鲜活，以前从没注意过。"他们感觉经历了一次新的创造。

只是让他们记住并重温那一天——闭上眼睛，看他们所看到的，闻他们所闻到的，听他们所听到的，就可以为哪怕最沮丧的病人带来快乐。

他们往往倍感惊异的是，其实周围的物质世界并没有改变，而是他们的视角发生了变化，就变得完全和之前不同。而我则一直在感叹这样的巨变会在瞬间发生，多么不可思议。

多年来，我一直想要改变。与此同时，我鄙视那次性命攸关的手术带来的改变。

我想改变我的第一个孩子在如此糟糕的情形下出生时所发生的一切。长久以来，我一直坚信是因为自己吃了太多的冰淇淋。大儿子出生时，已经超过预产期十天。那十天里，我和丈夫每晚都驱车去爱荷华州的乡下，去一家卖自制冰淇淋的小店。我喜欢在六月的黄昏开车穿过齐膝高的玉米地，在山丘上起起伏伏的道路，萤火虫刚刚开始闪烁微光。我闭上眼睛，仿佛还能尝到冰淇淋在我嘴里融化的滋味，宝宝在我肚子里动来动去，胳膊和腿会钻出来，就像电影《异形》里的一幕。是冰淇淋让他长得这么大，大得卡在产道里，导致剖腹产，导致硬膜外麻醉失败，导致氯胺酮注射，导致精神病发？如果我没有吃冰淇淋，我能阻止这一切发生吗？我当时是不是得意忘形了？

在我看来，以前经历的分分秒秒都和他的出生休戚相关，我想了解要做出怎样的改变才能弥补这一切，从而避免恐惧和恐怖在我清醒着的每个时刻占据我的身体和我的头脑，我想要回那些已经失去的岁月。

我希望有机会重来一次，重新做一次妈妈，嗅孩子的乳香，亲吻他的额头，并且真正记住这一切。

我想要回我的回忆，那些因创伤性应激障碍、因和孩子分离而失去的回忆。能应付这种压倒一切的渴望的唯一方法，似乎就是坚持认为自己本可以改变什么。似乎改变是唯一能把我从痛苦中拯救出来的东西。

萨拉，另一个住在生活辅助装置里的女人，也想要改变。萨拉就像埃莉诺生气时那样冷漠和矜持。在我们最初几次会面时她几乎不曾说话，只是匆匆地瞥了我一眼，然后望着窗外花园里的喷泉，喷泉紧挨着她的房间。但她总要求我回访，于是我又去了。慢慢地，在几次拜访后，她逐渐话多了一些。

萨拉从来没有参加过临终关怀机构赞助的任何活动，而是整天待在自己的房间里。当然，这是她的权利。我们所有人，临终关怀团队和她的孩子们也都认为这也是她的愿望。

直到有一天，我出现在她的公寓，脖子上挂着一大串珠子。

"我喜欢你的项链。"她害羞地说。

我解释说，当时餐厅正在举办狂欢节派对，活动负责人在我经过的时候给我戴上了这串项链。

"我听见了，"她回答，"我真希望自己也能去。"

我从座位上跳起来，告诉她活动还在继续，并且提议推着她的轮椅送她穿过长长的走廊去参加聚会。

"哦，不，"她说，双手捂住脸，"我不能去。我不知道该做什么也不知道该说什么，会很尴尬的。哦，不不不。"

我又坐下来，问她是否确定。是的，她表示肯定，并再次解释，自己只是太害羞了才不想去。

"我经常想，"她结结巴巴地说，"有朋友、参加派对、成为其中的一部分是什么感觉。我想知道，如果不是一直那么害羞，生活会是什么样子。"

在接下来的几次拜访中，萨拉显得开朗多了。她并不是刻意选择远离社交活动。事实上，她非常想参与宾果游戏，上手工课。她渴望乘坐神秘巴士旅行，参加节日聚会。她只是觉得太害羞而不敢这样做。

有时，她会看到精力充沛的活动总监带领着一群康茄舞（conga）舞者路过，希望他们能在她门前停下来，邀请她出来加入他们。但是那从未发生。

她总是把房门敞开着，正对着门坐着，希望有人从门口经过时，跟她打个招呼，也许这样他们就能成为朋友。但是那也从未发生过。

萨拉的房间是整栋楼里最不可能出现这类互动的地方。她住的是走廊最末端的一套公寓，一条长长的走廊从主客厅分出，萨拉的房间就在尽头。所以，虽然她能看到所有正在发生的乐事，却不会有人路过她的门口。

当我在临终关怀小组会议上分享萨拉的困境时，我们想出了一个计划。我们安排几个志愿者每周去看望她。他们可以一起去参加当时正在进行的任何活动，萨拉就不必独自面对了。社工将和她一起练习会话技巧。注册护士业务经理贝丝建议萨拉搬到新房间住，那里离活动中心更近一些，在那里她会觉得自己是活动的一部分。

萨拉的孩子们支持这个计划，她自己也对改变感到兴奋，既担心又期待。第一步很好办，那个星期，志愿者协调员派出了三个最好、最干练的志愿者。每周都会去看望萨拉。

然而搬家需要时间和行动。萨拉不得不等住得更靠近活动中心的房间里的人搬走。贝丝要努力说服管理部门这种调整有多么必要。几个月后，这一天终于到来了。她的新房间离活动大厅只有两扇门的距离，她无疑会参与其中。

但是萨拉拒绝了搬迁。

几天后，我去看望她，询问她发生了什么。她解释说，虽然新公寓会把她安置在大楼的正中央，但这也意味着要放弃有花园和喷泉的视野。整个冬天，她看着花园，等待春回大地的三月，鲜花盛开在大地上，红果树绽开粉红色的花朵，夏日玫瑰盛开，秋天核桃树上茂密的叶子变成金黄色。她在那里住了五年，每天都凝望着那座喷泉，这让她心安。

她是想要改变，但这意味着必须放弃已有的一切。搬到其他房间里都看不到这样的景色。她面临着两难的境地：是继续像之前那样安静地沉思，还是她渴望已久的激动和友谊。

"是因为害怕改变吗？"我问。

她望着窗外，摆弄着膝上的念珠。"不，不是那样的。"

就在萨拉准备换房间的几天前，她看见自己母亲站在床脚边。她最近经常在那里看到她，但这次她母亲和一个她不认识的年轻女人站在一起。她们手牵着手，朝萨拉笑着点点头。她不知道那是什么意思。

在她要搬家的前一天，她女儿来帮她收拾行李。她们翻阅起一本旧相册，偶然发现了一张老照片。

"就在这时，我认出了那个陌生的女人。是我的生母。"

"你的生母？"

"是的。我出生时她难产而死。我从未见过她。我两岁时父亲再婚，是继母把我养大，她是我唯一认识的母亲。但是我有一张生母穿着婚纱的照片。当我看到这张照片，就意识到这个陌生人是我的生母。她和我母亲在我的床脚边手拉着手。

"我突然意识到，我生来就是这样。每天我都很害羞。他们想要告诉我这没关系，我不必为从未融入社会而感到羞愧，也不必为总是处在事情的边缘而感到耻辱。他们爱我就像我爱他们一样。

"我喜欢和志愿者一起玩宾果游戏，但我不能放弃我的花园。这就是我一直以来的样子，不需要改变。"

萨拉的选择是不改变。相反地，她放下了长久以来对自己天性的愧疚，放弃了对自己没有经历过的生活的遗憾，拥抱了现在。她所做的那些小改变让她现在感觉很开心，但是她觉得没有改变过去的必要。

我曾一直专注于改变自己的过去，当然那根本不可能做到。没有人可以回到过去改变所发生的一切，除非你是马蒂·麦克弗莱（Marty McFly）或《神秘博士》（Doctor Who）里的人物，他们也不会总是一帆风顺。你不能改变你的过去，也不能改变过去的自己。

我无法改变所发生的一切。我唯一能改变的就是对这一切的看法。

病人告诉我的、他们所经历的根本上的、快乐的、治愈人心的改变，不是环境或过去经历的改变。这是一种视角的改变。不是因为他们做了什么，而是因为他们是其所是。不是世界新生了，而是他们看待世界的方式改变了。树叶一直是那样绿，他们只是从来没有注意到绿色是多么美。一生中有无数缕阳光照在他们的皮肤上，他们只是从来没有感觉到那些一直存在的东西而已。

是对这个充满活力的世界的觉察让他们意识到他们被爱了吗？还是他们被爱的意识使得世界重生了？当他们想弄明白的时候，总是有点鸡生蛋、蛋生鸡的意味。

虽然那不会抵消痛苦进一步地侵蚀我的病人们的生活，不会让露易丝得到安慰，她依然担心自己死后再也见不到孩子，也没有阻止埃莉诺感到被所有爱她的人抛弃——当她独自一瘸一拐地从躺椅上爬起来去厕所，再爬回来，一天数不清多少次的时候。

如果你想从当下的痛苦中被拯救出来，你必须愿意改变，并且现在就行动。

有些改变是有形的：放弃一段让人沉溺其中无法自拔的感情、重回校园、靠生活辅助设施艰难地穿过走廊。

但也可能是观念的改变，事实上，这是更困难的。

认识到你已经得到了圆满，从出生开始，你就看到一个充满爱的世界，你在美中畅游，尽管孤独，尽管痛苦，尽管会有伤痛，甚至遭受暴行，观念的改变似乎是不可能的。然而那一定会发生，而且一次又一次地发生着。

爱和其他真实之物

当那位巫师在门口几英尺处停下、放下她的包时，你绝对不会认错她。不是因为她穿着传统的部落服装，不是。她穿着卡其裤和一件有纽扣的衬衫，只是你忍不住看着她，靠近她，听她说话。她改变了房间里的氛围。她的眼睛扫视了一下房间，简短地注视着我们每个人。另一个更年轻的女人走在她后面，拎着更多的包。

我对我的病人琳达微笑着。她留着钢灰色的平头，两耳之间、跨越后脑勺有一道闪闪发亮的伤疤。她肿胀的双手紧紧抓住白色的医院床单。她的眼睛很大，目光从巫师那里转到我身上，又转到药师身边，再转到我身上。

她的伴侣凯西关掉电视，吃力地站起来。社工芭芭拉放下手里的钢笔，迅速地将桌上的文件整齐地摆好。她走过去，握住巫师的手。

"太感谢了，你能来，我们感激不尽。"

琳达患有脑癌。她五十五岁。她接受了所有可能的治疗，但没有任何一种方法能阻止肿瘤侵袭她的大脑。在临终关怀病房，她要求见我，说事情很紧急。

我第二天就来看琳达，她正无精打采地躺在床上。而凯西从躺椅上跳起来，给了我一个热情的拥抱，并且谢谢我能来。"坐在这儿，"她一边说，一边从躺椅的靠背上取下一条毛巾，"她一直在等你。"她拿起一叠杂志。"我去和护士聊聊，给你们两个一些私人空间。"

"不！"琳达尖叫道。她似乎从恍惚中醒来。这是我进来后她说的第一句话，尽管她的眼睛一直盯着我。她的目光慢慢地移到凯西站的地方。"请留下。我要你留下。在你面前，没有什么是我不能说的。"凯西站在那里，看着我。

"那很好，如果琳达希望这样。"我说。

凯西似乎没有把握，不知该留下还是出去。但是过了一会儿，她恢复了镇静，把杂志放在柜子上，让我坐在躺椅上。我还没坐下，她就拿着折叠椅回来了。

凯西自我介绍说她是琳达的朋友。

"她是我最好的朋友，"琳达用她那缓慢的声音纠正道，"她是我的一切。"

凯西伸出手去抓住她的手，低下头去，想掩饰她脸上的红晕和灿烂的笑容。"你为什么不告诉凯莉你为什么想见她呢？"

"请你来告诉她，好吗？"琳达说。

就像往常那样，凯西说了起来。

她说琳达是切罗基人①，她需要见到巫师。一个恶灵附在她身上，唯一的方法是进行一个特殊的驱除仪式，只有巫师可以执行。我能帮忙吗？我能找到这样的人吗？

这可真难住我了，我不认识这样的人，也不知道如何找到。

"护士说你可以帮助我们。你能找到。"凯西说。她坐在椅子边上，胳膊倚着床边，身体靠向我。她的额头有皱纹。在她快乐、高昂的态度下面埋藏着隐忧。

琳达说话时一直目不转睛地盯着凯西的脸，而现在她的头转向了我。她缓慢地开口："我必须在死前把它处理掉。从我还是个小女孩时起，它就一直附在我身上。这很糟糕，让我遭遇了不幸。因为它，我经历了很多不好的事情。我害怕如果我死了会发生什么。"

我说我会努力的。

我不相信琳达的话。随着我对琳达的了解加深，我开始认为她所谓的恶灵不是"真实"的东西，而是隐喻，代表她在生活中所遭受的不幸，以及产生的连锁效应。我相

① 即美国印第安部落成员。

信她的灵魂中确实有黑暗和痛苦，但那是由创伤和沮丧造成的。我以为驱除仪式可以起到宣泄的作用。

我总是试图理解和同情我的病人的信念。通常，我能真正理解他们为什么相信他们所做的，他们的信念对我来说是美好的。但有时候，我就是无法理解。比如琳达的想法。

但是，我的作用不是去怀疑，我的工作是帮助病人满足他或她的精神需求，不管这些需求是什么——甚至包括去找个人来除掉恶灵。

琳达和凯西是在一个交友网站认识的。几星期后，琳达就千里迢迢搬去和凯西同住。她们很快乐。琳达说，这是她有生以来第一次感到幸福。一年多后，她被诊断出患有恶性晚期脑癌。凯西在家里时，尽可能长时间地照顾她，但是她不能辞去工作，全职照顾琳达。没有其他人来照顾琳达，她们也没有钱支付家庭护理。琳达不得不搬到养老院，这让凯西感到十分不忍。

凯西尽可能多地和琳达待在一起。每天黎明前，她都会来到养老院看看琳达，之后才去小学上课，然后直接下班回家。她会挂一些图片和海报来装饰这个小房间，圣诞节的时候她会在角落里放一棵小小的人造树。她带来了琳达最喜欢的食物,给护理人员带来一盒盒的甜甜圈。只要她在那里,她就会照顾琳达,给琳达喂食、洗澡、换床单。她们一起看电视。她们手挽手。她们可以什么都不做,只是看着对方。

当我独自去看琳达时,她的大眼睛仔细地看着我。她说话声音沙哑,所以我不得不坐得很近,把头靠过去。她说她希望我们能找到一个使她好转的巫师。值得注意的是,我从来没有听到她对自己的诊断、受虐待的童年、失败的婚姻或疏远的孩子说过一句抱怨的话。关于这些话题,我听到的并不多。她往往是几句话带过,几乎没有什么细节,即使我直接问起。相反,琳达会谈论为什么她相信有恶灵附在她身上。我们也谈论电影、电视和音乐。

她会讲述她有多爱凯西,当她们相遇时,她的生活发生了怎样的变化。在她的人生里,没有人像凯西这样关心过她。她无法想象,有凯西这样细心的人。

在琳达开始接受临终关怀的时候,凯西仍然希望会有所改变,琳达不会死。甚至当我们一起坐在疗养院里,琳达的情况越来越糟的时候,她仍在阅读关于超声刀和辐射粒子的书籍。虽然她从未说过,但是我想她希望巫师不仅能去除恶灵,还能去除癌症。她只想有更多的时间和琳达在一起。

在琳达面前，凯西乐观、镇定，安慰着她。她在学校里，躲在一个储物柜里给我偷偷打电话时，却几乎无法控制自己的情绪。从凯西那里，我才了解到琳达如何徒手击退一头美洲狮的攻击，她如何从一辆燃烧着的汽车里拖出一个男人，救了他的命。在那场严酷的考验中，她自己也被严重烧伤，她身上的伤疤可以证明。如今琳达变得越来越虚弱，意识越来越模糊，一天中越来越多的时间都在睡觉，凯西分享了更多琳达给她讲过的值得回忆的故事。

"你听说过像她这样了不起的人吗？"有一次她问我，"一个人做了这么多了不起的事情，简直不像真的。"

我继续着我的寻找，打电话联系能联系到的部落成员，寻找酋长，寻访大学里的人类学家。我浏览着一个又一个的网站。事实上，真正的印第安巫师如今已很难找到。一天下午，当我在汇报最新进展时，凯西建议我去联络威尔玛·曼科勒，一个有名的切罗基族领袖。"我想如果她理解她的女儿需要帮助，她就会飞快赶来，或者至少能帮忙找到人。"她有点儿恼火地说。

"这是什么意思？"我问。我望着琳达，她那双大眼睛也在望着我，面无表情。

"琳达没有告诉你吗？"凯西说，"她不是普通的切罗基人，就是威尔玛·曼科勒的女儿。在她出生时，威尔玛被迫把她送走，交给别人收养，因为当时威尔玛还是少女。琳达你没有告诉她吗？快告诉她啊，琳达，告诉她你的真正身份。"

我和琳达面面相觑。她没有回答凯西。

一天，社工芭芭拉带来了好消息，她找到了一个同时也是大学教授的女巫师。她愿意见见我们的病人，并且演绎一套疗愈仪式。她周五就来，拒绝任何报酬，甚至包括差旅费。

我隔天就去拜访了琳达，想知道她对这一进展的看法。她正打着瞌睡。我碰碰她的肩膀，她睁开了眼睛，露出疲倦的笑容。我提到巫师即将到来的拜访，她咬了咬嘴唇，大颗的眼泪滑落她的脸颊。她紧紧地握住了我的手。

"怎么了？"我问道。

"我害怕。"她说。

"怕什么呢？"

"怕驱除仪式，我不知道怎么叫停这件事。"

"你是否真的想要这么做呢，琳达？"我问她，"这真的是你想要的吗？如果你不想，就说出来。"

"我不知道还能怎么做，"她说，"我不得不这么做。"

我们三人在琳达的小房间里，女巫师来了。

琳达耷拉着的眼睛突然睁得大大的。巫师问了她的全名和出生地。

"你是什么氏族？"她问道。

琳达只是张了张嘴，但她什么也没说。几秒钟后，凯西弯下腰重复了一遍这个问题。

琳达看着我，我点了点头。她又沉默了几秒钟。最后她舔了舔嘴唇，低声说："猫头鹰。"

巫师沉默了。

"在切罗基族中没有猫头鹰这一支。"她最后说。

"她得了脑瘤，"凯西迅速回答，"她变得糊涂、健忘，我可以打电话问问。"

"不，没关系。"巫师慢慢地说。她仔细地看着琳达："我需要每个人现在就离开房间。"

"我不能留下来吗？"凯西问道。

"不，没有人能留下来。只有病人。"她说。她的助手开始把羽毛、瓶子和锅子从行李袋里拿出来。"站在门边，别让任何人在任何情况下进来。"

我们起身离开，琳达叫道："凯莉！"

我转过身来。我朝她笑了笑，点了点头。"你会没事的。"我说。

"我要凯莉留下来！拜托！"她说。

巫师走近我，上下打量着，语气严肃，还算是友善。"好吧，"她说，"但你必须坚强。你能做到吗？"

"好的。"我说，尽管不知道她是什么意思。

助手关上门，很快就把需要的东西都拿了出来。"你需要保护，"巫师对我说，"就站在那里，保持坚强，不要说话。"她指着房间的角落说，那里离琳达很远。

眼泪从琳达的脸上滚落，她就像一只被捕获的野生动物，绝望地想逃跑，却动不了。她的眼睛飞快地眨着，身体颤抖着。我不知道还能做什么，也无法拥抱她，或者说，我只能看着她那双大眼睛，试着让房间另一头的她感受到我的爱。因为，认识凯西和琳达这么久了，我真的非常爱他们。所以我向琳达微笑，就像安慰我自己吓坏了的孩子，而我用尽全力去想象我的爱像一股温暖的巨浪将她包围。

巫师把一条厚毯子搭在我的肩膀上，告诉我裹紧它。她点燃鼠尾草，在我面前一边歌唱，一边挥舞着。

然后她转向床上的琳达，开始说话。琳达看起来越来越害怕。我微笑着，点点头。我想显得平静自然，我不知道还能做什么别的事情。我尽了最大的努力想象出爱的泡泡，包围我的病人。

但是说实话，到最后，我厌倦了。仪式很长，我变得燥热难安。汗水顺着我的脸和背流下，腿上的汗流进鞋里。我听不懂巫师在唱什么，因为那是另一种语言。她重复着自己的动作。我不再想象爱的泡泡了，而是开始在脑中罗列购物清单。

突然，我感到非常害怕，心开始狂跳，胸口好像要被压扁，胳膊和腿上的所有神经都像通了电。仿佛一股恐惧和绝望的浪潮袭来，从我身上贯穿而过。我知道形容情感有物理轨迹可能听起来很疯狂，但那就是我的感觉。好像身处大海，被海浪掀翻。

不过，我不再感到无聊了，等气息喘匀后，我还想着向琳达传达安慰之意。歌声又继续了几分钟，然后停了下来。

"好了。"巫师平静地说。

琳达很惊讶。"它走了吗？"她问道。

巫师转过身来面对她："是的，完全消失了。它非常强大，与你密切相连，但是现在它走了。"

"我真的看到了，"她的助手说，"那是一只黑色的鸟，也许是乌鸦。它从琳达那里飞出来，落到地上，飞走了。"她指着房间角落的天花板上，在我右肩上方的位置。我全身起了鸡皮疙瘩，几乎晕倒。

巫师走了过来，把毯子从我身上拿走。我浑身湿透
了，凉爽的空气让我觉得好些了。过程持续了一个多小
时。"你做得很好。你很坚强。"

她打开门。凯西站在那里，等待着。

"起作用了吗？它走了吗？"

"是的，走了。"

"她会好起来吗？癌症会……"凯西紧接着说。

"不是这样的，"巫师说，"恶灵已经消失，但伤害依
然存在。"

凯西哭了起来，她一屁股坐在走廊上的椅子里。但是
她马上站起来，把背挺得笔直，抹了抹脸上的泪水，走进
房间。

"我真为你高兴，亲爱的，"她对琳达说，"我打赌你
现在感觉好多了。"

"没错。"琳达慢慢地说。

在接下来的几个星期里，琳达持续衰弱下去。她是否
更平静些，我说不上来，因为她以前似乎并不沮丧。凯西
继续在工作时间打电话给我，躲在储物柜里抽泣。

一天，芭芭拉打来电话。我还没来得及打招呼，她就
大喊起来。

"等等，小芭，"我说，"慢点说！我听不懂了！"

"她说谎！这些都不是真的。没一件事是真的！"芭芭拉大吼道。

"谁？"我问。

"琳达！一切都是她编造的。这些都不是真的！"

芭芭拉终于找到了琳达的子女，所谓被遗弃的女儿是子虚乌有。她声称琳达的故事都不是真的，琳达的故事没一个是真的，她没有丝毫切罗基人的血统，更不用说是威尔玛·曼科勒的女儿了。

芭芭拉哭了。"那个巫师白来了！她白白地在我们身上花了时间！我太尴尬了！琳达操纵我们！怎么可能把我们都骗了？她是个骗子！"她顿了顿。"等等，"她问我，"你为什么不难过？"

小芭是对的。我没有因为这个消息而心烦意乱。我甚至毫不惊讶。我一直在思索琳达讲的故事。它们似乎太了不起，太神奇了。显得不真实。

可是这只是故事的一面。

我最怀疑、最不相信的东西，即琳达的恶灵，却成了我能确定的。我能感受到。

对于这一点，我不知道该相信谁，什么是真的，什么是谎言。

"但如果你知道琳达在撒谎，你不觉得困扰吗？"小芭问，"你该如何判断以后该相信什么？"

芭芭拉不会知道，我经历过精神失常后，一直思考着她提出的问题。你怎么知道什么是真的？谁知道该相信什么呢？

精神错乱会在脑海中把你身下坚硬的地面撕裂，它剥夺了你评估真实与否的能力。经过多年的药物治疗和每周一次的心理治疗已经把我变成了这样一个女人：经常大脑一片空白，害怕开车经过医院和教堂（却要经常出入）。有时候我仍然忍不住去回想那些幻觉。从哪个角度看，它们会是真实的？我应该相信哪一部分？毕竟对我来说，它们是我亲身经历的。然而，其他人否认那是真实的，否认给我带来的影响。问题在于你如何知道什么是真实的，如何知道自己该相信什么，我一直苦苦思索。

面对凯西和琳达，无法辨别其经历的真假并没有让我觉得困扰。因为在一片未知的云雾中，我看到了一些真实：她们的爱是那么强烈，那么可爱，那么真实而不可动摇。

当你不知道自己有多可爱的时候，你需要有人展示给你看。我不认为凯西和琳达以前相信自己是可爱的。她们都经历了困苦的童年，成年后也活得孤独，直到找到彼此。

"我简直不敢相信有人——像琳达那样的人——会爱我！"每次提到琳达，凯西都感到不可思议，"我不明白这么了不起的人怎么会爱像我这样的人。"

有一次，她说："如果我再也不会爱上别人，如果没有人再爱上我都没关系。只要记得琳达，我就可以把余生过完。我知道，无论发生什么，我都要挺住，因为琳达爱我。我会永远活在这段记忆中。"

令我惊讶的是，无论当时还是现在，凯西都看不出其实她才是那个了不起的人。她看不到自己的奉献、耐心，她的力量，她的激情。她看不出自己有多可爱，直到琳达爱她。

琳达在她和凯西分享的故事里，真正成为了她其实已经成为的人——值得被爱、被钦佩的人。那个迷人的、强大的、重要的女人，正是凯西需要的，她才能知道自己有多可爱。

如果琳达的故事不像她女儿所说，是假的，会是脑瘤的影响吗？她变得神志不清，或者有妄想，甚至有点精神失常，就像我曾经有过的那样？琳达是个花言巧语的骗子吗？一个病态撒谎者吗？在琳达的治疗仪式上，我感到恐惧，而她一直都有这种感觉，她的一生都有这种感觉，所以她想要虚构一个强大的人物角色来和它战斗吗？

我不是在纵容谎言，也不是在文化上盗用几个世纪以来遭受压迫的印第安族群。但是，如果她在撒谎，我想知道为什么琳达会创造另一个人。

或者这一切都是真的吗？也许琳达曾经一直说实话，从来没有过告诉女儿她的真实身份和过去。在我的工作中，我看到人们保守着非凡的秘密，在他们的孩子身上，要尽力保护他们知道他们所受的或将要承受的创伤，也要保护自己不再经历这些叙述。难道她的女儿根本不知道吗？我无法知晓。

我却知道我爱琳达和凯西，知道治疗仪式让我感觉很糟糕，我知道巫师认为琳达需要这个仪式，我知道琳达死于脑癌。我知道当琳达去世时，凯西就在她身边。我知道琳达爱凯西。我知道凯西觉得自己可爱是因为她被这样一个了不起的人爱着。

在无法确定的迷雾中，有绝对的、真实的东西。两个女人发现自己有爱的能力，而且值得被爱。

天使亦寻常

"你猜怎么着，"安娜说着打开前门，"昨天我在车站和商店停车场的一块柏油地上看见了我的天使啦。"

"啊。"我说。每当我发现自己完全不知道别人在说什么，但周围的人似乎认为我应该说什么的时候，我都会发自内心地给出一个长长的、含糊不清的"啊"。通常，一个好的不确定的"啊"可以为你赢得足够的时间来弄清楚到底发生了什么，或者至少可以问些什么问题。

然而，安娜并不买账。"哦，你知道我的天使，是吗？"她抓住我的胳膊肘问道，似乎很震惊。

小客厅里有好几张舒适的躺椅，色彩柔和的陶瓷天使雕像从各个角度俯视着我们。墙上到处都是天使的画像，还有色彩鲜艳的版画和海报，有些外面裱着华丽的镀金框，但大多数是从塔吉特百货买来的黑色塑料框。

"嗯，我想你很喜欢天使，"我说，"但是，我不认识你的天使，专属于你的那位，你说你有的，对吗？"

"哦，"安娜听起来有点失落，"我只是以为每个人都认识它。"她把目光转向别处。

"嗯，或许我真的认识它，只是忘记了，有时候我会这样的。你只需要刷新一下我的记忆。"

"因为在这个小镇里，它很有名，本地报纸甚至专门为我和我的天使写了个故事。"

"那我或许还真的认识，在我的脑海深处。我太健忘了，我妈说要不是我的脑袋连在脖子上，我早把它给忘了。要不你会提醒我一下？"

"好的，稍等。"

确切来说，安娜并不是我的病人，她的丈夫艾迪是。艾迪很少说话。我和他打招呼，他就笑笑，再也不注意我。他的目光却时时刻刻追随着妻子的一举一动。他深爱她，我也深爱安娜，我的拜访成了和安娜聊天。此刻，艾迪看着安娜站在沙发上，伸手去拿书架顶上的一本相册，书架上也摆满了天使。

她从沙发上爬下来，解释说她有个总能看得见的天使——至少一个月能见到一次。

拥有选择相信别人的自由是我工作的乐趣之一。其他关注病人健康的工作者不得不处处疑心。她是否真的按照要求接受治疗了？是否真的忌口了？他是否真的戒烟了？是否真的出于他妻子的安全起见成天待在家里了？我却可以相信病人，可以——不，是应该——相信病人讲述的故事，并且思索故事的含义，无论它最终的走向如何。

但有时候，我做不到，我会怀疑。在安娜的问题上，情况甚至更糟：我觉得安娜的故事很可爱。

当然，书里描述的天使并不可爱。他们没有柔和的色彩，不是婴孩的形态，甚至看起来也不可亲。炽天使有四张脸六个翅膀，基路伯有十八英尺高，浑身覆盖着眼睛。而人们通常接受的是穿着飘逸的长袍、一头鬈发、有金色翅膀的天使。

安娜打开一本相册，从里面抽出一份叠好的报纸。她小心地翻着陈旧的页面，忽然停下指着一张照片，那是一张日落时分港口上方的天空，在那金色和粉色的云朵中，在水面上伸展的中央，有一个不会认错的形象：云朵天使。像腹部着地趴在那里。长袍垂在脚踝上，胳膊向前伸着，拿着一个喇叭。这就像从礼品店里出来的天使。很像安娜客厅里摆的天使雕像和图画。

"你看见了吗？"她问道。

"是的，很明显，绝对是，"我说，"真好看。"我没有说谎，但是我不觉得这张照片里的云有什么不寻常。

但后来她开始翻相册，一张张照片翻过去，全是天使。她在云朵中、在颜料斑点中、在阴影中、在木纹中、在粘在野餐桌上的泡泡糖中见过它。她有几十张照片，趴着飞、嘴里衔着喇叭的天使。照片看着既令人愉快，又令人担忧。如果我没有看到照片，我肯定不会相信的。

"你看见它了吗？现在你明白我为什么称它为我的天使了吧？"

有很多研究表明，人脑能够在无生命物体上看到面孔和图案，这种现象甚至还有一个名称：妄想症。我们逐渐明白，这种倾向是人类为了生存而形成的。一个能识别人脸的婴儿，或者一个能在草丛中看到动物图案的猎人，都比不能识别的那些人更有优势。在我们身边也有这样的例子，比如将山的侧面看成老人的脸。

我不知道妄想症是否能完全解释安娜看到天使的原因。不过，我确信天使在需要临终关怀的病人中间很受欢迎。当然，并不是每个人都喜欢，但肯定不是少数几位。

安娜看起来满足于看到天使，而另一个病人马乔丽则像个学者一样接近这个主题。她不喜欢那些"俗气的"小雕像，而是做起研究来。她解释说，自己读了几十本书，正在写一本关于这个主题的书。她相信每个人出生时都有一个守护天使，如果学会和这个天使交流，你就能了解他，天使会给你指引和建议。

"你怎么与你的守护天使沟通？"我问。

马乔丽扬起眉毛，双臂交叉抱在胸前。"我怎样和我的天使沟通，或者你怎样和你的天使沟通？"她问道。她总能看穿我。

"都和我讲讲。"

"我跟我的天使如何沟通不能告诉你，"她刻板地说，"但是如果你想学会和你的天使交流，我建议你先问它的名字。这就是礼貌。"

"它会回答吗？"

"是的，当然。这也是礼貌。"

我不确定自己是应该默默地跟心中的天使说话，还是必须大声说出来。马乔丽似乎对我的问题有点恼火，我便停止交谈，只是听她谈论写书的计划。

拜访结束后，我回到车上，大声地向我的守护天使做了自我介绍，包括所有基本信息。我问我的天使叫什么名字，然后等了一分钟，什么也没有发生。

我发动引擎，赶往下一个病人的家。

大约一年后，我和姐姐报名参加了触摸疗法初学者课程。几个志愿者给病人做过触摸疗法，并且在办公室里组织了介绍活动，我们都可以报名参加二十分钟的介绍会。

它发源于 1922 年的日本，强调用双手按摩来传导疗愈能量。我不知道具体是什么道理，但是感觉不错。当老师把她的手放在我的头上和肩膀时，我感到很放松。

在初级班，我们坐在折叠椅上，围成一圈。老师让我们所有人闭上眼睛，并引导我们做有意义的冥想。我喜欢比较好的冥想引导，哪怕是那些可以从图书馆获得或者从手机上免费下载的。通常他们会告诉你坐在一个安静的地方，闭上眼睛，想象自己躺在草地上看云，或爬山，或在海里游泳。

初级班的冥想也是以类似的方式开始的。老师让我们想象自己穿过树林，在树林里的空地上找到一间小屋。打开门，她鼓励我们，然后问："你们看到里面有什么人或东西吗？"

令我惊讶的是，我做到了。我看到有一张背对着门的长沙发，一张格子毛毯盖在坐垫上。金色的光芒似乎从沙发上冉冉升起，那光芒汇合在一起，变成了一个年轻人，他的脸闪闪发光。他很英俊，我目不转睛地盯着他。

"你好。"他在我的脑海里说。

"你是谁？"我在脑海里回答。

"我是你的守护天使。"

"哦，真高兴，终于见到你了！"

"哦，我很高兴你终于见到我了！其实我一直都在这里。"

他在取笑我吗？是的，我想是的。但我不在乎。我想起马乔丽说的话。"你叫什么名字？"我问道。

"大卫。"

我睁开眼睛。

等一下，我想，这一切都是我编造的，这都是我潜意识里想起马乔丽几个月前说过的话，这根本不是真的。我只是在想象。

"不，我是真的，"大卫尽可能大声地说，"我确实是真的！"

我环顾了一下房间。其他人都安静地坐着，闭着眼睛。他们似乎一点也不惊慌，显然没有听到大卫的声音。

我快速地反省了一下，看看自己是不是又疯了，这个习惯我已经坚持七年了。如果你精神失常过，就会养成这个习惯。即使过了这么多年，我还是倾向于对我的所见所闻提出质疑，尤其是如果它有一点不寻常的话。这很累人。一次，我的跟腱撕裂，不得不穿了好几个月的保护靴。痊愈后，我仍然花了好几个星期的时间去适应走路。我不相信自己的脚了。此刻，我也有同样的感觉。

我一直睁着眼睛直到下课，大卫似乎并不介意。"我还会在这里的。"他的声音在我脑海里一闪而过。

从那以后，大卫偶尔出现在我的梦中，总是给我建议。"你不应该辛苦地煎熬着去写作或生活，"他说，"你应该让它顺其自然。"我醒来时感觉如释重负。

有时他试图表现得戏剧化些，总让我手足无措。有一次，我梦见自己出现在功夫电影里，和一个忍者在屋顶上跳跃。突然我吓坏了，拒绝再跳。忍者大喊："继续跳！"我很生气，跺着脚，说整件事荒唐可笑，想知道我们要到哪儿去。结果忍者变成了大卫。"凯莉，"他恼火地说，"我想告诉你，你不需要确切地知道去哪里才会有乐趣。"

有一次，他出现在梦中，显得年纪很大，在梦中的健身房里教尊巴舞。他走下舞台，演示舞步给我看，他的肌肉闪闪发光。"你知道，"他说，"怀孕的时候，你的体重是不会下降的。"

当时我并没有任何症状，但我醒来时感觉自己怀孕了。验孕棒也证实了我的猜测。几天后的超声波检查显示，我患上了一种罕见的宫颈妊娠，叫作宫颈妊娠早孕症，如果不及早诊断和治疗，可能会涨破宫颈，给我造成生命危险。如果我没有做这个梦，我就不会做超声波。很奇怪，梦可以拯救你的生命。

在儿子出生一年后，也是在我服用抗精神病药物六个月后，一位朋友邀请我参加一个午餐会。我不认识其他人，所以我的朋友让我坐在她姐姐旁边，她姐姐是一位心理学家。我们开始交谈，我告诉她我被诊断为产后精神抑郁。她很同情我，直到我解释说这是由于药物引起的。

"哦，所以你并不是真的患上产后精神抑郁。我遇到的那些真正的产后精神抑郁患者遭受了很深的痛苦，而你的情况不是真的。"

当我把我患病期间的想法、言论和行为告诉许多亲密的朋友时，他们对我说了这样一句："那不是真正的你。"如此刺耳。如果不是我，那又是谁？如果不是真实的我，真实的我去哪儿了？

当你判断什么是真实的能力被一种药物夺走时，那是可怕的。可是当别人拒绝你的时候，情况就更糟了。

当我们把一段经历斥为"不真实"时，我们实际上是在否定这个人试图赋予这段经历以意义，而那是残忍的。在我生病的时候，我多希望有人能问我那个最有用的问题，"你服用氯胺酮的经历意味着什么"，从来没有人问过我这个问题。那段经历被斥为"不真实"，因此它的意义不值得探究。

艾伦的丈夫汤姆前来应门并邀请我进屋。他们的房子有一种气味，在我看来是"杰出一代"的家中特有的味道。我一直搞不清楚它是什么。是松露、莱索尔还是象牙皂？是几十年来烤牛肉、土豆泥和黄油胡萝卜从墙上渗出的味道吗？我在二十世纪七十年代和八十年代长大的房子没有这种味道，我现在的房子也没有，但是我祖父母的房子有。温暖、洁净和安全的味道是什么？它闻起来更像个家，而我自己的家却不那么像。

艾伦的房子有一股令人舒服的气味，但也有一股疾病的气味。那也是一种特殊的气味。

汤姆解释说，艾伦在入院面询时曾热情地问起我来访的事，但他拿不准那会给她带来什么好处。艾伦的长期记忆很好，汤姆说，但她没有短期记忆，甚至连五分钟前的谈话也记不住。他说："我真的不知道她见到你时会发生什么事，也不知道这样做有什么好处。你一离开，她就不会记得你了。"

不过，艾伦似乎很高兴有客人来。我问起她的生活过得如何。

"你知道我整天躺在这儿干什么吗？"她说，"我试着变得可爱。"

我问她这句话的意思。

"我们倾注了太多的爱在婴儿和孩子身上，"她说，"但当我们长大了，它就停止了。没有人把爱倾注在成年人身上。但我认为随着年龄的增长，我们需要更多的爱，而不是更少。生活变得更艰难而不是更容易，我们却不再那么爱对方了，就在我们最需要爱的时候。我……"她的声音哽咽了，深吸了一口气，继续说："我老了，需要更多的爱。我需要爱。"

她躺在枕头上，闭上眼睛，上气不接下气。后来，她重重地叹了口气，闭上了眼睛。

我静静地坐在那里想了一会儿。当我站起来时，艾伦又睁开了眼睛。

"嗨，你好。"她笑着说。

"我很抱歉，艾伦，"我说，"我不是故意吵醒你的。"

"没关系。你是谁？你是护士吗？你需要什么吗？"

"不，我，我……"过了一会儿我才意识到，她对我们的拜访，或者对我，完全没有记忆。"我很累。"她抱歉地说。

在我整个职业生涯中，这是我第一次，也是唯一一次知道该说什么。"不，我什么都不需要，"我俯身把双手贴在她的脸颊上，"我只是过来告诉你，我非常爱你。爱包围着你。"我弯下腰，吻了吻她的额头，然后把脸紧贴她的头，就像我对我的孩子做过的上千次那样。"我爱你。"

艾伦抓住我的手腕，紧紧地握着。"哦！我需要听到这些。你怎么知道的？谁派你来的？你怎么知道我需要听这个？怎么……"

声音渐渐消失了，她闭上了眼睛，又睡着了。

我不知道安娜的天使是不是"真实的"，我不知道艾伦对一个陌生的女人出现在她的房间里、告诉她被爱着有什么看法。我再也没见过她。她醒来的时候可能已经不记得了。

我不是天使，也没有说过或暗示任何人是。但也许艾伦在临终前向世界传达的信息，还是留存在她的脑中。当然，这是我唯一能肯定是真实无疑的东西：试着去爱，它来自哪里并不重要。

想象苦难

艾尔伯特永远坐在同一个地方——床头的那把椅子，放在艾达和窗户之间。他看着她，捏着一勺化了的冰淇淋靠近她的嘴唇，轻拍她凹陷的脸颊，间或望望窗外，而我总是坐在他对面，在他依旧美丽的妻子的另一边。

在我遇见艾达的时候，她彻底失语，她的肌肉因疼痛而蜷缩，手指缩成一团。她已经多年没有动过了，如果不算她越来越紧地蜷成一个球体。在这样的情形下，我认识了她的丈夫艾尔伯特。

每当我造访，艾尔伯特总会讲述相同的故事，虽然他已经讲了无数遍了，但每次他都用完全一样的方式，用着相同的措辞和手势。

"他喜欢火鸡爪，哦，是因为觉得它们很好玩，他把自己扮作火鸡，把我们都逗乐了。他想用火鸡爪挠我，但他自己被挠了。"

每当艾尔伯特讲起这个故事，他会把双手支在面前，绷着双手，卷曲手指，模仿他儿子在扮演火鸡爪。那个孩子举着双手，在厨房里团团转地追逐自己的父亲，就在他死于脑膜炎的感恩节前夜，当时他四岁。闭上眼睛，我可以看到艾尔伯特在我面前，做着同样的动作，一遍又一遍。

"他烧得这么厉害，我们根本来不及反应，我们无能为力。都是因为我们让他玩火鸡。他好喜欢那些火鸡，常常被逗得笑个不停。"

他凝望着天空，沉默不言，只是张大嘴巴，摇了摇头，和每次讲完故事一样。

艾尔伯特坚信儿子生病是因为他被火鸡爪抓伤了自己，没有任何护士或医生能够说服他。他知道是脑膜炎，但同时也觉得是因为火鸡爪。他养的火鸡，他妻子清洗的火鸡，他们让儿子玩火鸡，因为它让他笑得那么开怀。

艾尔伯特很自责，他早该预料到。

"你能怎么做，能怎么做，能怎么做呢？"他一边重复着，一边拍拍妻子的脸颊。故事的讲述总是这样结束的。

当故事一成不变——人们以同样的方式一遍又一遍地讲述相同的内容时，我会感到紧张。当我的问题没有引出新的答案，当讲述者的所闻所想不再与其他事物建立新连接，当对方不再给我反馈，似乎根本不知道我在那里，只是都以同样的方式一次又一次地讲述着，这意味着这个故事卡住了，痛苦一动不动，这意味着毫无意义的失去。如果那个界定了你人生的故事的主题是失去，那就意味着人生失去了意义。

认为悲伤有生命似乎很奇怪，但它确实有。它像有机体一样生长发育。有时它会经历一个快速而惊人的蜕变，空虚的悲伤会在一夜之间变成熊熊燃烧的愤怒。斯多葛学派式的否认可以让崩溃瞬间成为过度泄气。有时悲伤的变化是缓慢的，几乎是无形的，只能在二十年、三十年后回忆往事时才发现。

但人们总是希望它能改变。当悲伤发展壮大时，其核心的痛苦也会发生变化。它变得不那么尖锐，不那么原始和激烈。我不确定它是否会减少，但它会以某种方式扩散到记忆中，围绕着失去的核心。它似乎不那么集中，因此更容易忍受。

但有些痛苦似乎凝固在了时间里，比如艾达，她的手指紧紧地攥成利爪，利爪扎进她的双手里，而艾尔伯特，他的手指紧紧地攥成利爪，利爪扎进了空气。

"每个人都讨厌改变，"在我遇见艾尔伯特和艾达多年后，罗斯说，"没人喜欢它，但是我要想说，改变是一种馈赠。我们应该为此深表感谢。"

我刚刚告诉罗斯，我不能再来拜访她了，我会搬到南卡罗来纳州去，放弃工作和朋友让我很难过，可是她的反应在我预料之外。

"每个人都只想着迎接美好的事物，这就是问题所在，"罗斯继续说，"但是如果好事不变，那么坏事也不会变。幸好坏事是会变的。不管情况有多糟糕，总是经历着改变。否则我们会发疯的。"

那个遭遇枪击、脖子以下都瘫痪了的男孩，我从他身边逃开了，无法强迫自己再回去。我看着他，想着他的未来，看不到任何改变，我所看到的是永不停息的千篇一律。他会一直瘫痪。他一遍又一遍地重复一成不变的话，使我明白了这一点。

事实上，患上精神瘫痪的我自己，我只看到了他的身体状况。我没有想到他的精神和情感生活和他瘫痪的身体不同，说到底，我无法想象一个四肢瘫痪的人能过上幸福而充实的生活。

我的想象力使他失望了。

当然，罗斯的话是对的。这个世界上的一切最终都会改变，即使我们身处我们无法想象的苦难中时也是如此。

当人们一遍又一遍地讲述他们的故事，一遍又一遍地讲述，他们试图在故事中创造或发现意义，这种意义是他们必须自己去发现的。尽管这个过程可能会很痛苦，但它没有捷径可走，既不能用你能提供的最深思熟虑的想法，也不能用最陈腐的陈词滥调。一个人发现的意义几乎和你能想到的不一样。它总是更丰富，更微妙，更令人惊讶。

我曾有一个病人，一个四十多岁的女人，死于白血病。她生前一直希望自己能够好起来，可以继续照顾孩子们。当然，她不希望自己的孩子目睹她的痛苦。可是她的病情越来越严重，疼痛越来越严重，不管她服用了多少吗啡。她就要死了，无论她多么心有不甘，都无法改变这一切。她一直很沮丧。有一次，我去看她，她竟然告诉我，她想通了。"一切都会消亡，"她说，"我终于明白了，死亡就是答案。"

我通常很擅长在病人面前保持冷静，这次我能感觉到自己脸上的表情。她笑了。

"你还不明白吗？死亡能带走痛苦。这是结束痛苦的唯一途径，也是我的孩子们不再看我受苦的唯一途径。明白吗？结束痛苦的唯一方法就是我死去。我可以教我的孩子们如何无所畏惧地死去。这就是他们从他们的妈妈这里学到的。"她停顿了一下，也许在等我回答，我不知道该说什么。

"总有办法的，我现在明白了，"她说，"我只是一开始不明白。这不是我想要的解决方案。但总有办法的，只是和我预想的不同。"

她会教她的孩子们如何死去。这就是她在疾病和死亡中找到的意义和目的。

我女儿有着深刻的感悟力，有时我会对她说："总有办法的，亲爱的。你只是还没有想象到而已。"我不知道我为什么这么说，因为这从来没有给她带来过慰藉。

"你总是这么说，但在这种情况下，不是这样！"她回答。我想我希望我的话能渗入她的潜意识深处，这样总有一天，当她面对真正可怕的事物时，当身下的地毯被掀翻时，她仍会记得：总有一个解决方案，痛苦不是永远的，就算在最糟糕的情形之下也能找到些许方法。

我也理解她的"膝跳反应"，本能地拒绝那种想法。这是一个在痛苦中难以接受的想法，甚至是一个不可能思考的想法。这就是痛苦的本质——无论你是受害者还是目击者，都很难想象改变。但一切都在改变。我不是在赞美死亡，我真的不是。我只是在复述我的病人希望我分享的故事、他们的想法和见解，尽我所能。我不能决定这些是什么。当你第一次听到他们的时候，他们中的一些人很奇怪，不舒服，甚至疏远你。但作为一个享有特权的人，在聆听临终者的真知灼见时，我可以说，有时它们也能带来彻底的解放和惊人的创造力。病人在我自己的精神想象无法企及的地方找到了意义，这意义总是比我想象的更令人惊讶。这就是为什么你必须让人们找到他们自己的意义：他们总是会做得比你好得多。

但有时，某些时候，有时没有去发现的意义，没有去创造的意义。有时候，世上的痛苦如此之大，一个人所能做的就是承受它。用一个永不改变的故事支撑你的一生。有时候，只是那些可笑的火鸡脚和永远抓不到的空气。

在这种情况下所能做的就是倾听。有时，当我过于疲惫，或者刚刚听完另一个病人让人心惊的故事，或者那一天故事的表达方式打动了我，看着艾尔伯特为儿子的夭折与妻子的久病而流泪时，我也不禁潸然泪下。

我会偷偷地擦去眼泪提醒自己，他所哭的那个小男孩不是我的孩子，艾尔伯特也不是我的祖父。通常我隐藏得很好，因为他沉浸在自己的悲痛中。不过，有一次，他看到我在哭。

"哦，我让你哭了。"他的声音嘶哑。

"不，不，我没事。"我回答。

"谢谢你为我儿子哭泣。除了我，再也没有人为他哭泣了。我死后，再也没有人会为他哭泣了。"

他重重地叹了口气，仿佛要把所有空气都抽离胸膛，"也许这是一种祝福。因为我们最终会聚在一起，那时我再也不需要哭了"。

"死亡"只是一个动词

"你知道我非常想做一件什么事情吗？"我推着贝琪走下走廊，她问道。贝琪八十多岁了，丧偶，现住在一家疗养院。不幸的是，她最近开始使用轮椅了。"我真的很想再一次到户外让我的下体吹吹风。你能帮我透透气吗？"

我就在走廊里一下子笑出来。止住了笑，我才说："我想我是不被允许那样做的。如果我现在脱下你的裤子，把半裸的你推到外面，我可能会惹上麻烦。"

她叹了口气："真遗憾。大概是因为这个地区全部的管理者都是男性吧。他们真不知道这种感觉有多好。"

她的话引起了我的沉思，我体验过类似的感觉吗？

那天晚上，我参加了邻居几个妈妈组织的聚会。我特别想给大家讲讲贝琪——谁能忍得住呢？于是几杯葡萄酒下肚后，我开始讲了。

直到另一个妈妈打断了我。"哦，凯莉，"她说，"我受不了听那些死人的事情！别说了！真是太扫兴了！"其他人也笑着附和。

　　所以我尴尬地闭嘴了。

　　我想为她辩解一下，我敢肯定她一定喝醉了，或者接近喝醉。其他人也不是故意的。她们大多是在家里有年幼孩子要照顾的全职太太。我之前在家里照顾孩子照顾了五年，我知道那是多么辛苦，多么累人。做一个全职太太，无论是感情上、精神上还是肉体上，都要比做临终关怀的工作更操心。我想，那些妈妈需要一个尽情释放的夜晚。她们一定认为无论我说什么，都会让这难得的聚会扫兴。

　　我该如何向她们解释，在进行临终关怀期间，愉快、无聊、平静、沮丧、乏味，当然还有搞笑的时刻，远远超过了悲伤。这些妈妈犯了和那些诚恳地问我的人一样的错误——那些人声音低沉，眉头紧锁，问："关怀垂死之人是一种怎样的体验？"他们在提及"垂死之人"时，仿佛貌似某种外星生物；都认为"垂死之人"与我们正常人不同。人们要么特别害怕，要么特别尊重"垂死之人"。认为垂死之人是奇幻的、睿智的、高级的，或者是可怕的、神秘的、恐怖的——都不正确。

　　其实，"垂死之人"就像你我一样，只是恰巧在做我们尚未做过的事情。"死亡"是一个动词，就像"跳跃""吃"或"笑"。这是所有人都会做的事情，而不是只有"垂死之人"才能做的。

人们在临终时不会突然经历质变，成为"某种外星生物"。他们只是在做我们还没去做的事情。

我觉得这有点像第一次尝试性。还记得我们青春期的时候吗？那些围绕性出现的神秘、迷人、可笑的的传闻？感到恐惧吗？唯恐尝试之后，我们会被彻底改变。

那只是我们要做的某件事，而无关我们是谁。

愉快健康的性生活本身只是一种很棒的体验，感受到自己的存在，却不会从本质上改变我们。

同样，"死亡"也不会从本质上改变我们。如果作为三十五岁的母亲，你乐观昂扬，享受生活，到了八十五岁，你可能还是这个样子。你可能会变得更有趣，因为你不大会担心其他人的想法。

如果你在生活中是个自私的混蛋，那么在快要死的时候，你很可能还是一个自私的混蛋。死亡不会自动使你变得更好。如果你没有请求原谅，也没有做过任何努力来重建被破坏的关系，和解不会因为你濒临死亡而奇迹般地降临。

之前我在一家医院工作期间，有一天深夜被叫到一个病人床边。病人几天前有过一次严重的中风，始终没有完全恢复知觉。护士们相信他已濒临死亡。他的妻子、儿子儿媳，还有几个孙子都守在床边。他不再对任何人或任何事作出反应了。我和他的妻子聊了几句，问她需要我做什么。

这种情况下，一般我会先了解些死者的基本情况——他的家庭、他的信仰、他的经历、他的性格——试着把这些信息融入我的话语中。我只能通过家人传达给我的这些基本信息来了解面前的病人，至少对在场的每个人都有一点私人意义。

他的妻儿们述说着床上的男人是一个非常尽职的父亲，他多么喜欢带孩子们去钓鱼，他一定会去看孩子们的垒球比赛、田径运动会和独奏会。

事后，妻子和孩子们都再三感谢我。

同时，我不否认，我也感觉自己做得很好。

我退出病房，沿着黑暗的走廊走去。一个男青年跑过来追上我。

"嘿！"他喊道。我停下来等他，我们一起走向电梯。"我知道他们感谢你的到来，你也许认为他是个好人，"他声音嘶哑地说，"但他不是。那是他的第二任妻子和后来有的孩子。而我是他和前妻生的孩子，我是其中一个。只有我来看他，其他的孩子已经很多年都不和他联系了。我只是想让你知道他到底是怎样的人。"

那是凌晨三点，他站在医院走廊里那古怪的棕色灯光下，继续说着。"父亲是个可怕的人。当我们还是小孩子的时候，他抛弃了我妈妈和我们。他和情妇，就是你在病房遇到的那个女人，不停地迁居，开始了新生活。新的家庭，新的孩子，就像我们根本不存在一样。我们一年见他两次。

"你怎么能丢下你的孩子，用新的孩子代替呢？是的，我相信他是他们的好爸爸。在他离开我们之前，他一直是我们的好爸爸。但他是一个差劲的父亲，你说的都错了，大错特错。他去死吧，还有他们，还有你，女士。"

我们继续慢慢地朝走廊尽头走去。到了电梯旁，他按下去大厅的按钮。

"对不起，我的话伤害了你。"我说。

"没事。我只是想让你知道真相。"

"很遗憾你的父亲抛弃了你。"

"你不需要为此道歉。是我父亲干的，不是你。"

我们等待着电梯。

"对不起，我骂了你。"他说。

"没关系，"我说，"是我搞砸了。"

"是的。"他说。

电梯到了，我们进了电梯。

"你知道我想要什么吗？"他说，"我只是想要一个道歉。我只是想让他看着我说，'对不起'。就是这样。连这个都做不到。"

电梯到了。他等我先出去。我转身对他说："一起去喝杯咖啡如何？方便的话，我们可以再聊一会。"

"不，我不想待在这里。"他说。他走出电梯，穿过大厅，走进黑暗。

如果垂死的人不能质变成特别睿智、神秘和奇幻的人，那么照顾他们的人也不能。

总的来说，照顾他人者并不比我们其他人更善良、更强壮、更有耐心或更有爱心。而且大多数人并不喜欢做这些，不是因为他们不想照顾他们的配偶、父母或孩子，而是因为他们不希望他们的配偶、父母或孩子首先死去。

一位丈夫告诉我，他的妻子患有多发性硬化症，卧床十多年。有时他会遇到那些曾经是他妻子的女性朋友。她们努力地握着他的手，希望他知道她们一直希望她好起来。

"她根本不需要你们成天念叨她！"他发作了，"她需要你们去看看她！别拿任何理由当借口！"

照顾濒死之人的人正在从事着使人筋疲力尽的工作——从肉体上、情感上、精神上和灵魂上都令人精疲力竭。他们在照顾的时候，只有和以前一样多的体力和精力，有同样的需求和弱点，他们的生活被家人的最终诊断彻底打乱了。他们假装自己具备超人的力量，常常导致着我们任由他们独自照顾。它剥夺了照顾他人所需要的帮助，它剥夺了垂死的人需要的舒适和友谊；它也剥夺了我们非常需要的一种理解：那就是没有什么可以毫不费力地带走我们的弱点，或者神奇地将我们转变成我们想成为的人，甚至死亡也做不到。

有人曾经问我，我是否认为人们应该提前计划好他们临终时的遗言。简单的回答是：不。不管你最后说了什么，很有可能你甚至都不会意识到这是你说的最后一句话。在好莱坞电影中，重要人物会在临终前低声说出自己的秘密或至理名言，在现实中往往不会发生。大多数人要么在死前几天失去知觉，要么死得太突然，说不出话来。或者他们太虚弱或困惑，说不出有意义的话，或者他们最后说了一些表示惊讶的话，比如"看！"或"哦，我的天哪！"。

更详细的答案是：你为什么要那样做？如果你有那么重要的事情要告诉你所爱的人，你正在花时间计划这件事，为何在这一刻你不说出那件重要的事呢？

如果你想道歉，那么现在就道歉。如果你想告诉别人你为他们感到骄傲，现在就说出来。如果你想表达你的爱，给他电话，说："我爱你。"如果你想请求原谅，现在就去做，当你还有时间去做这些实事的时候，积极参与寻求和给予原谅，以及达成某种和解。不要退缩。

这些事情现在可能很困难，甚至令人畏惧，但死亡不会让你变得勇敢。死亡不会让你变成另外一个人。如果你在吃饭、散步或打扫客厅时找不到力量，那么认为你在做一项全新的活动时也能找到力量似乎是愚蠢的。

这并不是说，在生命的最后几个月、几个星期，甚至几天，不可能出现巨大的变化和增长。虽然我见过有这样的情况。

同时我也见到了这种变化的努力。当一个人健康的时候，当一个人不学习接受新事物时，改变也需要同样的努力。

如果说那些知道了自己快要死的人和我们有什么本质区别的话，那就是：他们知道自己时间不多了。他们更有动力去做他们想做的事情，成为他们想成为的人，直到最后一口气。但你不必等到快死时才去做。没有什么能阻止你带着临死前的那种紧迫感去行动。

　　如果你想知道光着屁股站在户外、风吹在你皮肤上感觉如何，现在就去做。现在就做，这样你就能记住，省得不能再做的时候后悔。

　　在享受生活的同时变成你想成为的人。不要无限期的延迟去做变成你想成为的人。等待不会让事情变得更容易，因为生命短暂。

生活多美好，而你却离开了

"不管你在做什么，尸体取出来的时候，别让米莉待在房里。"临终关怀护士佩吉小声说，用纸挡住脸，避免家人听到。"米莉不需要看到这些。"我们坐在安东尼和米莉的亲戚中间，环绕客厅的超长沙发已经坐满了。安东尼的病床以及他的尸体放在中间，我想象着之前是咖啡桌放在那儿。

安东尼和米莉住在一套复式三层的顶层，这种房子在一百年前为工人阶级和穷人建造，被称为新英格兰风格。复式三层由三套相同格局的房间层叠而成，每上下两层单间通过一条狭窄弯曲的楼梯连通，楼梯口是一个不到三英尺宽的狭窄区域。

当佩吉打来电话时，我刚好和家人去友爱餐厅吃晚饭和冰淇淋。那天是我的生日，但我也是那一周的值班人。我还没见过安东尼，而他奄奄一息，他的家人需要我出现。

我直接从餐厅开车赶去，当我到达时，他已过世。我走进天花板低矮的昏暗房间，安东尼应该刚刚过世，因为佩吉还在听他的呼吸和心跳，摸他的脉搏。

在佩吉完成了所有的诊断步骤并轻声地宣布安东尼的死讯后，他的家人讲述起安东尼的生平经历。安东尼和米莉是青少年时期结识的，已结婚六十多年。他们结婚后一直住在这里，养育了五个孩子。佩吉检查完安东尼的尸体后，把床单拉起来，盖上他的脸，又把四周的边角细细地掖好，就像照顾一个小孩睡觉一样。她和我们坐在一起，等待殡仪馆的人来。

穿着松垮的黑色西装、面色沉郁的男人敲门了，佩吉向他们低声恳求着什么。

安东尼的家人、殡仪馆来的人，还有我和佩吉一起围在客厅中的安东尼的尸体旁，为他送别。随后佩吉拥抱了米莉，说了声再见便离开了。女性亲戚们到厨房去洗碗，并把几个小时前带来的未吃完的晚餐储藏好。男人们出去了。殡仪馆的人下楼去灵车上取来一张轮床和一个装尸袋。

只剩下米莉、我和安东尼在客厅里。

"我们为什么不去厨房呢？"我对米莉说。

"不，"她说，"我不想离开安东尼。"

殡仪馆的人回来了。

一般人死后都很瘦，而安东尼身材高大，尸身浮肿得厉害。男人们在他床边搭起了轮床，打开尸袋。他们在尸体下面移动了一块木板。数到三，一起把木板放到担架上的尸袋上。木板砰的一声着地。

"为什么不下楼去呼吸点新鲜空气？"我对米莉说。

"不。"她回答，继续凝视她的丈夫。

男人们小心地把安东尼装进袋子里，拉上拉链，然后收紧四条皮带把他固定在担架上。

"我们要不要坐在卧室里，等男人们把安东尼送去殡仪馆的东西准备好了再说？"

"不"。

有两个人看着我，皱了皱眉。一个人隐隐地摇了摇头，另一个飞快地把目光从米莉身上移到厨房门口，又转到米莉身上，又盯着厨房门口。

"米莉，我真觉得现在应该离开这里，这些人会好好照顾安东尼，就这样看着安东尼离开家一定会很难过的。"我说。

"可我想留下。"

其中一个年轻人的脸上闪过惊慌的神色。"我们会好好照顾他的，夫人。"另一个年长些的说。

"那很好，但是我要目送他出去。"

"这可不容易，米莉。"我说。

"我明白。"她说。

那两个人微微向对方做了个鬼脸，嘴唇抿得紧紧的。然后他们把担架推到门口。

安东尼的尸体并没有像最初那样绑在担架上。取而代之的是，皮带只是简单地环绕在尸袋上，他们就这样把安东尼绑在包里的木板上。到了楼梯口，他们把木板从轮床上抬了起来，前后一人各抬一边，然后慢慢地把木板倾斜过来，直到它完全直立起来，就像安东尼站在他的尸袋里一样。尸体的头往前下垂着，在乙烯基织物的尸袋里凸出来。一个人面朝尸体，走在前面，同时另一个人在后面，二人配合着，把安东尼的尸体搬出了门，直到楼梯口。

任何一具尸体抬起来都不轻松，显然，安东尼的尸体比大多数尸体更重。殓尸人也感觉吃力了，尽管他们试图掩饰。他们要把直立的木板翻过来，让木板和他们自己穿过低低的门道走到楼梯上，更有些上气不接下气，他们气喘吁吁地为对方指路。

当米莉看着他们搬运时，我站在她旁边。殓尸人走下楼梯时，设法使安东尼的尸体恢复水平位置。但还没等上面那个人从视野中消失，下面那个人就叫他把木板向右转，试图绕过楼梯上的第一个弯道。

只听撞击和刮擦声传来，男人喘着粗气，叫喊着，

"把他扶好!"或"等一下!"，一直走下三层楼梯。某一刻，我们甚至听到砰的一声巨响和咔嗒咔嗒的声音，似乎他们中的一个或两个完全失去了对木板的控制。

我迟疑着不知该说些什么，还未来得及想，米莉却叹了口气，抓住了我的手。"没事的。"她说道，始终凝视着丈夫最后一次走过的那扇开着的门。

终于，我们听到楼下的门关上了。米莉走到窗边，看着他们把安东尼的尸体放进灵车。"这生活多美好，而你却离开了。"她说。我不确定她是在和丈夫说话，还是在跟我说话，或者是在和自己说话。

粉色的樱花花瓣从人行道和街道中间那棵低矮的树上飘落下来，凋零在这三个人周围。她转过身来，耸了耸肩，把双手一摊。

"现在怎么办?"

常常是在为了安慰或激励他人的时候，有时是为了减轻他们的痛苦，会听到人们这样说，失去、悲剧和创伤并不能决定你的生命。

当然，这是一派胡言。

任何经历过巨大损失或可怕创伤的人都知道，这种经历定义了你。如果有一个真理贯穿于我的病人的故事，那就是，在他们生命的尽头，在经历过的一切艰难困苦中，他们选择用讲故事来诠释自己。

在观察我的病人的故事如何发展的过程中，我已经完全清楚，如果说艰难困苦会定义我们，我们每个人同样也可以决定定义的方式。我们可以决定苦难有什么意义。

你的人生是哪一种，让人遗憾的还是充满希望的？是否只能二选一？你的身体是创伤的根源，还是快乐的源泉？它是否能同时成为两者？在痛苦、愤怒和恐惧中，你能否善待自己和他人？生命是否可以既美丽又残缺？

当我在临终关怀中心接受入职培训时，导师鼓励我在探访笔记上记录下病人说过的话，即使只是一句话。她解释说，哪怕没有人读过这些笔记（我敢肯定几乎没有人读过），病人的希望、想法和思想仍然存在，不会消失。

因此，当我第二天坐下来记录前天晚上的拜访时，我开始写米莉说的话。这生活多美好，而且你……

不对，我放下笔。殡仪馆以可怕的方式把她深爱的丈夫的尸体移走了。米莉说的是"这生活多美好，你却离开了"，我想。我划掉了"却"，完成了笔记。

我看着我所写的。不，不，不，这也不对。我清楚地记得"而且"，因为我记得当时吓了我一跳。然而过了一天，我却觉得米莉不可能说这个词。

　　通常我会在访问结束后立即写张便条再次拜访，但这次我没有。我想回到友爱餐厅和孩子们一起吃甜点，而在事后第二天，我再也不确定米莉当时说过什么了。我怎么会这么快就忘记，发生在半日之前，但又是什么使我如此心酸？

　　我想这是因为每一次我都感到震撼，每一次，在每一个生命、每一个灵魂、每一个记忆中，都同时存在着这样的美丽和残缺。生活未必是美好的，它却必须结束。生活也可能是美好的……然而，尽管我们不希望如此，它还是结束了。它既可以是美丽的，也可以是充满了残缺、悲剧和创伤的，两者并行不悖。

　　如今回想第一个孩子出生时我经历的磨难，我依然会说：我不明白发生了什么，不知道为什么会这样，仍然不知道什么是真实，什么是幻觉，但我确信那有价值，有意义。那段经历造就了今天的我。如果说病人教会了我一件事，那就是真实和虚幻并不像我曾经想的那样黑白分明，因为这一生并不像我曾经想的这样。生活在这两者之间更有趣，也更和谐。我明白了我强烈的羞耻感并没有抹杀爱，我可能会失去理智、失去自我、失去发挥作用的能力，但我仍然是一个人。我明白了减轻灵魂痛苦的最好办法是另一个人的善良，这个世界要比我儿时得到的教诲更加充满奥秘。在爱荷华州的一个炎热的星期三，当一场暴风雨过后，我的生活发生了意想不到的变化，我并不后悔——我绝对不希望这样但从未后悔过，因为我的一切希望都在痛苦和恐惧之中。正是这条路指引着我奔赴临终关怀中心工作，在很大程度上是因为害怕死亡和疾病，并且想了解失去的另一面是什么。我找到的是治愈我的病人们，他们都历经劫难，灵魂却那么轻盈。

如果生活就像一本小说，我可以用一个蝴蝶结把故事完美了结，我会说，是格洛丽亚给了我临别的忠告。但事实并非如此。每次我们见面时，一位犹太老太太都给我祝福。二十世纪三十年代，她和父母、兄弟一起逃离波兰，十年后独自抵达美国。我在这里没有讲她的故事，那将与成百上千的其他故事一同记在我的心里。我想把她的祝福留给你，就像她留给我那样。"答应你自己，"最后一次我们见面时她说，"答应你自己，无论发生什么，你都不会辜负生活。"

致　谢

　　感谢允许我走入他们的生活的每一位病人、每一个家庭，无论是一年，还是十分钟。我爱你们每一个人，我希望这可以从字里行间感受得到。我始终心怀感激。

　　能够与如此优秀的医生、护士、社工和志愿者一起工作，是我的荣幸。感谢你们每一个人，教我学会如何陪伴临近人生终点的病人，在我面临棘手问题或心碎时刻时，感谢你们提供的无私援助。能够在临终关怀团队工作，最让人感动的就是能认识你们。谢谢。

　　如果十年前，你告诉我，我还会写出一本书来，我只会当你在开玩笑。感谢伯尔妮·瓦卡洛和兹珀拉·科恩。

　　此外，还有许多人在写作过程中帮助了我，尤其是贝琪·萨勒坦、玛丽·卢索夫、凯蒂·弗里曼、克莱尔·麦金尼斯、本·丹泽（谢谢你设计的封面！）、米歇尔·柯弗普洛斯、"阿斯彭文字"的全体编辑、伊萨·卡托·肖、丹尼尔·肖、克里斯蒂·杉恩、玛丽·伊根、克里斯汀·伊根、吉特·麦因泰尔、克里斯汀·米尔斯、柯莱特·萨尔托和特里西亚·埃斯科贝多。

最后，感谢我的丈夫亚历克斯·鲁斯凯尔，和我的孩子们。没有你们，我就无法完成这本书，这本书也是献给你们的。